小游记·小小邮记

林霏开 著

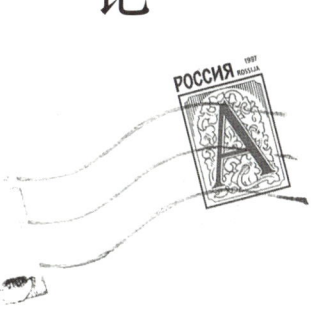

生活·讀書·新知 三联书店

Simplified Chinese Copyright © 2021 by SDX Joint Publishing Company.
All Rights Reserved.
本作品简体中文版权由生活·读书·新知三联书店所有。
未经许可,不得翻印。

图书在版编目(CIP)数据

小游记·小小邮记/林霏开著.—北京:生活·读书·新知三联书店,2021.7
ISBN 978-7-108-07137-8

Ⅰ.①小… Ⅱ.①林… Ⅲ.①游记-作品集-中国-当代②邮票-世界-图集 Ⅳ.①I267.4②G262.2-64

中国版本图书馆CIP数据核字(2021)第061689号

责任编辑　麻俊生
封面设计　储　平
出版发行　生活·读书·新知 三联书店
　　　　　(北京市东城区美术馆东街22号)
邮　　编　100010
印　　刷　上海丽佳制版印刷有限公司
版　　次　2021年7月第1版
　　　　　2021年7月第1次印刷
开　　本　720毫米×965毫米　1/16　印张　21.25
字　　数　327千字
定　　价　98.00元

2018年和妻子曹雷在希腊米克诺斯岛

序 "游趣"中的"邮趣"

曹 雷

我的老伴李德铭(林霏开是他的笔名)从小就迷集邮,他的集邮本里最早的外国邮票是在小学五年级时收集的,以后就没有中断过。小时候没有出国旅游的机会,邮票是最早向我们打开的一扇眺望外面世界的窗户。

直到 20 世纪八九十年代,由于工作需要,他有了两三次出国的机会。这时候,他就会去所到地的邮局,给我或他自己寄一个贴有当地邮票、盖有当地邮戳的实寄封。这样一个信封,以及上面的一个邮戳,在他眼里,似乎比护照上的一个印章更珍贵、更有价值,因为它能引起无尽的回忆……

20 世纪末,我俩都退休了,有充分的时间能去旅游,走出国门"自由行",这是我们退休生活中每年都做的安排。我们可以不仅仅从邮票这个小小的窗户里看世界了!但是,每到一个国家,只要有可能,当地的邮局,总是老伴必去的"旅游点";邮筒前,总是必须留影的地方。可能的话,还要寄一封贴有当地邮票、敲有当天邮戳的实寄封。这真是旅游最好的纪念品。

到了国外,我们还发现,在一些小小的卖旧纪念品的小店里,还可以买到多年甚至百年前一些实寄的信封或明信片,那就更有意思了。在信封的邮票上,可以看到过去不同时代的景色和民情风俗,邮戳上标明了寄信的年代和日期,明信片上的字迹还会透露出当年写信人生活和感情的小小一角,勾起我们无限的想象……

每一个国家不同时期的邮票,就是一部小小的历史画卷,让外来的旅游者对所到之处有更多的了解,留下更深的印象。我想,这也许是集邮者多半爱旅游,很多爱好旅游的人也会爱上集邮的原因吧!

我虽只在儿时收集过很少一段时期的邮票,但多年前却参加过一部关于邮票故事的电视剧《珍邮迷案》的拍摄,在剧中出演了一位集邮家的夫人。导演所以找我来演,大概是打听到真实生活里我和老伴的关系吧!不过,真实生活里,我家并没有什么"珍邮",倒是这一方方小小的邮票,不但给我们的生活带来很多"邮趣",也增加了我们的知识和"游趣"。

我想,收集在这本书里的几十篇有趣的文字和图片,可以证明这一点。

自序

林霏开

世界之大,游人之多,在芸芸众生中,有一对老年夫妻,退休近 20 年来,游历了 68 个国家。

蜻蜓点水而已,却有一个特点:他是集邮者。他——林霏开,真名李德铭,39 年工龄的新闻记者,业余酷爱集邮,出版过 20 本集邮著作;妻子是演员曹雷,她是退而不休,演戏、配音、朗诵、演讲、主持节目……忙得不亦乐乎,抽空就抢时间旅游。

在出发前后与途中,林霏开每每以历史的眼光,精心采集各国的新邮票、旧信封、明信片。邮票——习称"国家的名片",反映了最新、最美、各国自认为最重要的镜头。那些弥足珍贵的旧信封、明信片,具有文物价值,从中可窥见几百年间人们的行踪,感受到自然、社会与人心的交融。

相比于环游世界的大旅行家,两人退休后的游历只是"小白厢"(沪语:小玩玩);相比于资深集邮家孜孜以求做学问,这些随笔更是"小菜一碟"。好在邮票本来就是见微知著的小品,俗称"方寸";旧信封与明信片,对往事也能窥豹一斑。集邮界提倡"3U"——旅游、集邮、交友。自己心情好,独乐不如众乐,故取书名《小游记·小小邮记》。

本书大部分文章,曾发表于《上海集邮》杂志,这次汇编做了订正,原刊的黑白插图,全部换成彩印。附录《古稀集邮记》,是应《虹口集邮》杂志约稿,作者 75 岁时所写。光阴如箭,白驹过隙,如今,林霏开已是逾八十的老翁了。

在《古稀集邮记》里,作者提到上海世博会期间出席列支敦士登馆的活动。2018 年,作者终于有机会访问这个"邮票王国",参观了著名的邮政博物馆,徜徉于首都瓦杜兹的一条街上,并买到 1 件 1944 年列支敦士登风景邮票的挂号实寄首日封。

宋代欧阳修《醉翁亭记》曰"环滁皆山也……若夫日出而林霏开","醉翁之意不在酒,在乎山水之间也。山水之乐,得之心而寓之酒也"。本书作者不嗜酒,可谓"山水之乐,得之心而寓之邮也"。

目录

1 约旦的神秘之地 ········· 1
2 难忘土耳其之行 ········ 11
3 回望摩洛哥 ············ 19
4 回眸埃及 ·············· 45
5 回想以色列 ············ 61
6 回味斯里兰卡 ·········· 74
7 波罗的海三国纪行 ······ 83
8 波兰掠影 ············· 108
9 匈牙利邮踪 ··········· 122
10 美不胜收的捷克 ······ 128
11 三临勃兰登堡门 ······ 144
12 地中海巡游记 ········ 152
13 "火药桶"旁匆匆过 ··· 174
14 罗马尼亚邮记 ········ 217
15 保加利亚邮记 ········ 228

16	维也纳浪漫一日	237
17	瓦尔登湖畔	243
18	加勒比散记	250
19	山水之乐寓之邮	270
20	文学巨匠　叶落归根	
	——普希金和托尔斯泰故居巡礼	295
21	集邮冰箱贴	306
22	古稀集邮记	312

1 约旦的神秘之地

佩特拉 世界上最神秘的旅游胜地,我认为是约旦的佩特拉。

在约旦南部,死海与阿克巴湾之间,海拔 1000 米的高山中,有一条神秘莫测的峡谷。它最险峻的段落(以赛格小道为主)长 1.5 公里,最宽处 5 米,最窄处才 2 米。高耸的峭壁,使小路好多段落幽暗荫蔽;而阳光照射到的岩石,天然呈玫瑰色,不同时辰又会转换成紫、蓝、黄、绿等不同颜色。老明信片记录了这条峡谷的神奇(图 1.1)。

图 1.1　佩特拉峡谷

走完狭窄的"险道",一拐弯,人们的眼前豁然开朗,忽然踏进了一个小广场。正面的山,岩石被雕琢成一座恢宏的神殿,高约 40 米,宽约 28 米。上下两层:底层有 6 根 10 米高的罗马式柱子,中间的门通向内室,三角形门楣上雕花繁复;上层 6 根柱子构成 3 个壁龛,中龛圆顶,左右龛方顶,分别用浮雕形式雕凿了 3 位神祇。

奇在没有砌造的痕迹,一切都是在山岩原石上,立体雕凿而成。这是何等高超的鬼斧神工啊!在门柱边的山岩上,可以看到几排方形的小石孔,估计当年插入了木棒,工匠们就是踩在木棒上开凿神殿的。老明信片展示了这座奇异的神殿(图 1.2)。

佩特拉——"玫瑰城",它是古阿拉伯部落纳巴泰人建造的。佩特拉是纳巴泰王国的首府,最繁荣阶段在公元前 1 世纪。当时,佩特拉是中东与非洲之间贸易的必经通道(因此,有些山窟的建筑,类似埃及神庙)。狭窄的峡谷"一夫当关,

图 1.2　哈兹纳赫神殿

万夫莫开",可以想见,万商云集而留下的"买路钱",是如何撑破了纳巴泰王国的国库。公元106年,强大的罗马军队攻陷了佩特拉,把它设为罗马帝国的一个行省。到3世纪时,红海贸易兴起,罗马人又在佩特拉以北开辟了新的陆路通道,玫瑰城逐渐衰落了。到7世纪,阿拉伯人重新占领这一带,佩特拉已经变成废弃的空城。

这里的纳巴泰部落已不知所终。此后一千多年间,只有神秘的传说之风,从峡谷里吹过。1806年,曾有一位德国探险家进入峡谷,却被杀害了。直到1812年,瑞士人约翰·贝克哈特蓄了长须,穿了白袍,化装成伊斯兰学者,操着流利的阿拉伯语,蒙过了当地的贝督因人。当他进入峡谷,抬头发现山岩上的哈兹纳赫神殿,他是何等的惊异与兴奋啊。这一天是8月22日。从神庙旁的峡谷往里走,他看到两边山上密布洞窟,有埃及式、罗马式的立柱与高墙,有带有庭院和浴室的住宅,有宏伟的神庙或陵墓。好几百处废墟、遗址,都是在高高低低的山崖上雕凿出来的,罗马式的水渠四通八达,这就是盛极而衰的"玫瑰城"!

200多年后,我们这些旅游者重走约翰·贝克哈特之路,体会到他当年无比激动的心情。我们来到了他发现的罗马剧场遗址,一面大山的斜坡,劈石而成半圆形的观众席,可容纳数千人。我的妻子曹雷站到舞台中央朗诵,声音清晰地传到最后一排。

在路上,我们见到设摊的一位贝督因青年,戴眼镜,很文气,卖给我们一套素描画,还向我们讨教"一、二、三、四"的汉语发音(他希望用汉语接待中国游客)。素描画是苏格兰画家大卫·罗伯茨的作品,他于1930年代赴佩特拉写生。在他的画里,哈兹纳赫神殿上的浮雕(天使、武士、骏马等)都栩栩如生(图1.3),贝督因人都携带着一人多高的长

图1.3　大卫·罗伯茨素描

枪。如今我们看不到带枪的人了,而神殿的浮雕已风化得一片模糊。

约旦在1933年把哈兹纳赫神殿印上邮票,1954年又将佩特拉遗址用作邮票图案(1955—1956年再版)(图1.4)。1995年约旦发行的小型张上,标明"佩特拉——玫瑰城"(图1.5)。2007年,约旦发行了《金库——佩特拉》邮票一套5枚及小型张(图1.6)。"哈兹纳赫"的意思就是"金库"。传说神殿二层深处,藏有纳巴泰国王的财宝。后来有人不断用枪向上射击,希望从库中泻出金币,但从未梦想成真。邮票展示了佩特拉的一些考古发现。

图1.4　哈兹纳赫神殿　　　　　　　图1.5　佩特拉——玫瑰城

古巴(图1.7)、塞拉利昂(图1.8)都曾在邮票上反映佩特拉的风貌。好莱坞故事片《夺宝奇兵》第3集,就是在这一带神秘山谷里拍摄的。

死海　死海位于约旦和以色列之间,被称为"世界的肚脐眼"。死海的水平面,是海拔负400米。那一天,我们来到了这"世界上最低的地方"。

人躺在水上,不会下沉,原因是水的盐分特高。约旦邮票没有反映"死海漂浮",而在以色列邮票上可以见到那有趣的镜头(图1.9)。

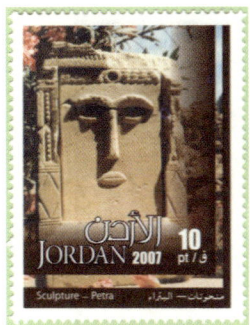  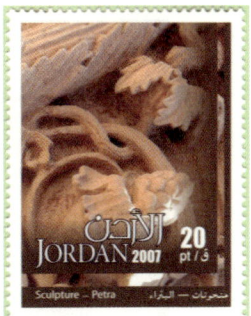

  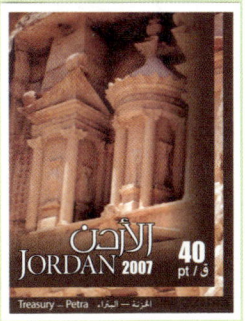

图 1.6　金库——佩特拉

 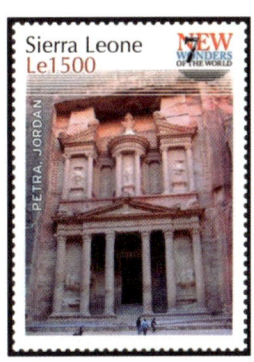

图 1.7　佩特拉（古巴）　　　图 1.8　佩特拉（塞拉利昂）

由于"死海泥"含丰富的矿物质，具有医疗价值，游客们都用烂泥把自己涂成了"黑人"。您猜猜这张照片上，跃起的疯子是谁呢？一个来自中国的老头儿——敝人（图 1.10）。

图 1.9 死海漂浮

图 1.10 这是谁？

死海近岸的盐结晶柱,构成妙趣横生的地貌,在老明信片上有所反映(图1.11)。2005年日本爱知世界博览会时,约旦发行了特大型的小全张(350×110 mm)(图1.12),含全套3枚盐结晶图案的邮票。底图为暮色中的死海,说明文字引用了当年世博会的主题——"自然的睿智"。

图1.11　死海盐结晶柱

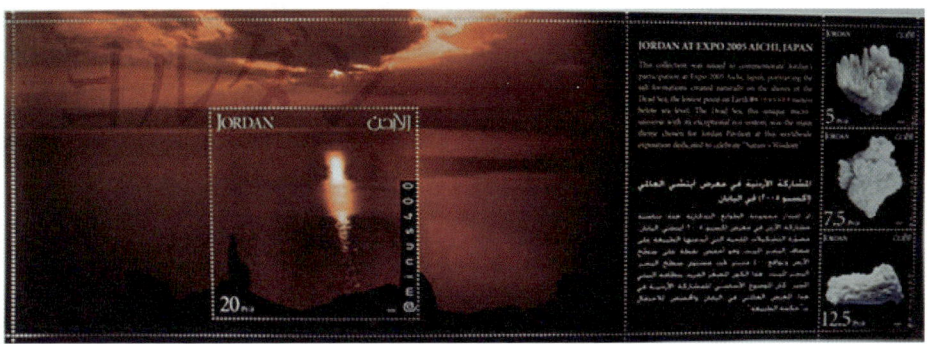

图1.12　死海——自然的睿智

1965年的约旦邮票,在描绘死海风光的同时,还刊印了早期犹太教、基督教的重要文献《死海古卷》。1947年,一个贝督因牧羊男童在死海西岸昆兰地区的洞穴里,发现了装有古卷的瓦罐。以后,考古学家陆续从11个洞穴中挖掘出大量的罐装古卷,它们抄写在皮革、莎草纸或黄铜片上,内容包括最早的部分《旧约全书》,其中充满了对世界末日的神秘预言。据考证,这些古卷是罗马军团入侵耶利哥时,艾赛尼教徒在逃走时匆忙埋藏的。浩瀚的沙漠将秘密保存了二千年。它是基督教诞生初期抄录的最真实的史记。《死海古卷》的发现,震动了整个基督世界。现在,它被保存在耶路撒冷特建的博物馆里。约旦邮票展示了古卷、瓦罐以及死海岸边的洞穴(图1.13)。

安曼 约旦首都安曼的老城,呈现一派非常奇特的景观。从城堡山丘遥望对面的老城,只见密密麻麻的平顶小楼,火柴盒似的重重叠叠堆积在山坡上,街巷逼窄,人群拥挤,生活红红火火。在1930年代的明信片上(图1.14),已经开辟了马路,行驶了汽车;今日之面貌,并无多大变化。

图1.13 《死海古卷》的发现　　　　图1.14 安曼

新城的建筑很漂亮。我们午餐休息时,走到马路对面一座二层小楼前照相。忽听得阳台上有人招呼我们。原来,主人热情地邀请我们进屋参观。年轻夫妇自我介绍说,他们的长辈在中国经商。他们要请我们喝咖啡,我们推辞说旅游车快开了;他们又急忙端出一碟蜜枣,无论如何要我们尝一尝。

这使我联想到中国和约旦友谊交往之源远流长。中国集邮总公司的WZ外展封可以见证。1984年8月11—17日,约旦、中国邮票展览在安曼举行(图1.15),1987年4月7—13日,约旦邮票展览在北京举行(图1.16)。回头欣赏这2枚外展封,可以领悟到"时间砝码"的分量,从前毫不起眼的邮品如今已成无可复制的历史印记。

图 1.15　约旦-中国邮票展览(安曼)

图 1.16　约旦邮票展览(北京)

约旦保持着古老的传统,文化上又有它开放的一面。1967 年,它先后制作发行了 3 套凹凸浮雕的金色圆形邮票,分别纪念肯尼迪总统、侯赛因二世国王、哈桑王子。1969 年它发行了《难民的悲惨命运》邮票,突破常规,全套不同图案多达 60 枚。约旦邮票体现伊斯兰图案化的特点,如 1980 年纪念第 11 届阿拉伯国家首脑会议小型张(图 1.17),纪念希吉拉历 1400 年小型张(图 1.18)。同时,他们的设计又不回避人物形象,如 1987 年纪念第 4 旅成立 40 周年小型张

(图1.19),威风凛凛的军人神态,传递出强势的阿拉伯风格。

图 1.17 第 11 届阿拉伯国家首脑会议

图 1.18 希吉拉历 1400 年

图 1.19 第 4 旅建立 40 周年

2　难忘土耳其之行

洞窟里，暗灯下，5个戴高帽、穿白袍的舞者，不停地旋转。

旋转、旋转、旋转……连续20分钟，居然就重复这一个动作，不停地旋转。他们平伸两臂，右手心向天，象征着接受真主的旨意；左手心向地，意味着把旨意传播民间。我的相机闪光灯一亮，立刻有人过来制止，叮嘱道："坟墓里不能有光。"（图2.1，土耳其明信片）

这是在土耳其。这种转舞，是13世纪伊斯兰神秘主义教派领袖梅夫拉那·加拉丁·鲁米创造的，是苦修士的宗教仪

图2.1　转舞

式。联合国教科文组织把2007年定为"鲁米年",以纪念这位哲学家、诗人、教派导师的800周年诞辰。虔诚地旋转、旋转、旋转……人们的心灵就与《古兰经》融合了。鲁米的伟大,在于宽容和博爱,以平等的态度对待伊斯兰教、犹太教、基督教徒,因此促进了安纳托利亚地区的和平。鲁米有不少诗作已被译成中文。今天,在中东战火不断的形势下,举世纪念这位古代的智者,无疑具有现实意义。

我们在土耳其的小镇上闲逛,小店小摊陈列的冰箱磁贴,令人眼花缭乱,我一下子就挑中了一枚鲁米的画像。因为我早已熟悉这幅画像——高帽子、白胡子、绿大氅、红大褂,双手笼袖,盘腿而坐,身姿微微前倾,陷于沉思默想——1957年的土耳其小型张上有他(图2.2)。

图2.2 鲁米诞生750周年

土耳其横跨亚、欧两大洲,东、西方文明在这里交融。土耳其的邮票自成风格,历史的沉积力透纸背。譬如1953年发行的《以弗所遗址发掘》纪念邮票一套6枚,显示了2000多年前这座濒临地中海的古城的雄姿(图2.3)。依山而建的剧场,可容纳2.5万人。大理石筑成的通衢大道,两边曾有各式店铺。花岗岩神庙和富人的宅邸,门楣上的浮雕栩栩如生,蛇发女妖美杜莎的形象尤其吓人。立柱高耸的二层图书馆楼,非常气派。体育场、音乐厅、喷泉、马赛克壁画、浴室、公厕(利用山泉自动冲水)……这座繁华的古城曾拥有25万人口,文明发展的程度很高。游客中有调皮的小男孩,见到公厕里一长排整齐的石窟窿,就坐上去摆出要大便的样子,引得大家哄笑起来。

图 2.3　以弗所遗址发掘

这套邮票中别具深意的一枚,图案是圣母玛利亚居住过的岩洞小屋。据说耶稣受难前,委托约翰照顾自己的母亲。以后,约翰护送圣母来到距以弗所 4 公里的一座高 358 米的山顶上,隐居于风景优美的岩洞中。也就是在这一带,约翰写完了《圣经》。1962 年土耳其又发行一套邮票,更充分展示了玛利亚避难的岩洞小屋(图 2.4)。今天,以弗所以及安纳托利亚地区,成了基督教朝圣者必去之地。我们过去不太了解土耳其,谈起来只想到清真寺。其实,那是一片多教共容的土地。

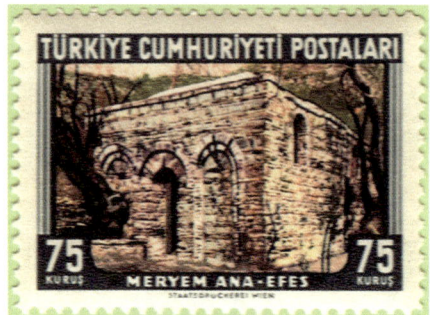

图 2.4　圣母玛利亚避难岩洞

固然,在辽阔的土耳其,最多的还是清真寺。无论去哪里,车行半小时,必见闪光的圆顶清真寺和高耸的宣礼塔。最美的是伊斯坦布尔的蓝色清真寺(图 2.5,土耳其明信片),它有 6 座宣礼塔(仅麦加的清真寺达到此数)。1964 年的《土耳其风景》邮票一套 5 枚,其中绿色的一枚,图案就是蓝色清真寺。寺前广场上还耸立着一座埃及方尖碑,这是公元前 390 年,拜占庭国王泰奥多斯一世从尼罗河边的卡尔纳克神庙运过来的。寺前广场在古代是一座可容纳 1 万名观众的竞技场。记得 2007 年 4 月初,伊斯坦布尔的晚风凉飕飕的,我们在这广场上裹紧了衣衫,听土耳其华人导游的讲解,恍惚感觉两千多年的岁月都凝固了。

人们坐船航行于博斯普鲁斯海峡,有机会劈波斩浪"驾驭"两大洲。为了更方便交通,土耳其迄今已建成 3 座跨海大桥。1970 年,土耳其发行了博斯普鲁斯海峡大桥奠基纪念邮票(图 2.6);这第 1 座跨海大桥于 1973 年建成,土耳其发行

图 2.5　蓝色清真寺

图 2.6　博斯普鲁斯海峡大桥奠基

了博斯普鲁斯海峡大桥竣工纪念邮票。1988 年，又有第 2 座跨海大桥竣工，土耳其为此发行了一套 2 枚纪念邮票（图 2.7）。2016 年，横跨博斯普鲁斯海峡的第 3 座大桥落成。我们的游船来回穿过大桥，据导游说，土耳其还将引进外资建造一条沟通欧亚的海底隧道。

图 2.7　第 2 座大桥建成

中国与土耳其于 1971 年 8 月 4 日建交。2012 年在土耳其举办了"中国文化年",中土两国联合发行邮票,一套 2 枚的图案,分别是伊斯坦布尔博斯普鲁斯海峡大桥与泰州长江公路大桥(图 2.8,土耳其小型张。图 2.9,中国邮票)。大桥沟通友谊,2013 年,在中国又举办了"土耳其文化年"。

图 2.8　两国大桥(土耳其)

图 2.9　两国大桥(中国)

土耳其最奇特的景点是棉花堡和卡帕多西亚石林,大自然的鬼斧神工简直匪夷所思。棉花堡是温泉水千百年流淌而形成的阶梯式石灰质钙化堤(图 2.10,土耳其明信片),远看如雪白的棉花山。一级级的露天池子里,水汽蒸腾,非常温暖。据传说,牧羊人安迪密思与月亮神瑟莉妮幽会,忘了挤羊奶了,致使羊奶恣意流淌,盖住了整片丘陵。钙化堤圆润、晶莹、透亮,真如传说中凝固的羊奶。

卡帕多西亚号称"地球上最像月球的地方",童话般的石林,一棵棵白色石柱的尖顶,戴着深色的岩石小帽子。公元初期,基督徒为了躲避罗马军队的迫害,逃到卡帕多西亚隐居,他们利用石洞,开辟了上千处石屋,地下教堂绘有彩色圣像,四通八达的巷道设有防御工事。如今,卡帕多西亚已成为深受各国旅客喜爱的游览地(图 2.11,土耳其明信片,当地人载歌载舞)。

图 2.10　棉花堡

图 2.11　卡帕多西亚

回沪以后,翻阅我邮册中的土耳其邮票,不禁欣赏起 1990 年他们发行的一套 4 枚凡·高逝世 100 周年纪念邮票:《自画像》《向日葵》《到伯利恒之路》《圣马丁的船》(图 2.12),色彩缤纷,笔触狂放。从当代邮票上看,土耳其确实不"土"啊!它既古老又时尚,既传统又开放,土耳其是"丝绸之路"的重要交通枢纽,期待我们去更深入地了解它。

图 2.12　凡·高逝世 100 周年

3　回望摩洛哥

北临地中海、西濒大西洋的摩洛哥,被称为"北非花园"。

2016年5月,摩洛哥国王穆罕默德六世访华,在与习近平主席一起出席签字仪式时,国王亲自宣布,从6月1日起,中国公民赴摩洛哥旅游可享受免签证待遇(图3.1,摩洛哥金箔小全张)。

我们是在2013年11月,应曾任摩洛哥中资企业协会主席、香港"茶叶大王"裴文义先生之邀,"先行一步",畅游了"北非花园"的新、老城市以及广袤的撒哈拉。

图3.1　穆罕默德六世国王

伊本·白图泰　过去只知道意大利旅行家马可·波罗(1254—1324年),他到过中国,还在元朝宫廷里做过官,回去以后写了游记,名扬世界。我们去摩洛哥旅游以后,才知道还有出生在摩洛哥丹吉尔的柏柏尔人伊本·白图泰(1301—1377年)也到过中国,他曾口述一部游记。1950年代末,周恩

图 3.2 《伊本·白图泰游记》

来总理和陈毅副总理访问摩洛哥,国王哈桑二世拿出伊本·白图泰《游记》的手抄本,给周总理、陈副总理看。周总理回国后,指示有关部门组织人员尽快翻译这本《游记》。由于十年动乱的干扰,直到 1985 年,由马金鹏翻译的《伊本·白图泰游记》,才由宁夏人民出版社出版。2015 年,华文出版社又重新审校并刊印了新版本(图 3.2,封面照片为卡萨布兰卡的哈桑二世大清真寺)。

伊本·白图泰 21 岁开始,4 次赴麦加朝觐,随即周游历国,前后延续 28 年,行程达 12 万公里。他担任过印度和马尔代夫的法官,曾陪伴希腊公主赴君士坦丁堡,游览苏门答腊与爪哇,并以印度使节的身份于 1346 年夏天来到中国泉州。他接着访问了广州、杭州,可能还北上到达通州与元大都(北京),同年冬天离开中国。在他的《游记》里,伊本·白图泰详细描述了中国的瓷器、丝绸、纸币、"代替木炭的泥土燃料"。他盛赞"中国地域辽阔,物产丰富,各种水果、五谷、黄金、白银,皆是世界各地无法与之比拟的。中国有一条大河横贯其间……沿河都是村舍、田禾、花园和市场,较埃及之尼罗河,则人烟更加稠密"。谈及中国的家禽、蔗糖、葡萄、梨、西瓜,伊本·白图泰都赞不绝口。他得出结论:"对商旅说来,中国地区是最安全最美好的地区。"

2008 年,为纪念摩洛哥和中国建交 50 周年,摩洛哥发行了一套 3 枚纪念邮票(图 3.3)。据新华社报道:"这套纪念邮票由摩方设计,中方免费印制。3 枚邮票图案分别为摩洛哥城门和中国长城、两国典型瓷器、两国传统窗棂……此外,中方还设计制作了普通、丝质和贴瓷片小型张。"

从邮票边纸的中文可知,印制单位是"河南省邮电印刷厂"。新华社所说的摩方设计者,努力寻找沟通两国的文明元素,用心绵密,相当成功。从摩洛哥的古城门洞,穿越绵延万里的长城;邮票上的中国瓷器,据介绍是泉州德化陶瓷博物馆所藏康熙二十五年款五彩天球瓶,与摩洛哥的古陶罐相得益彰。而中方阎炳武设计的小型张,也属摩洛哥正式发行的邮品。摩洛哥驻华使馆的参赞,特赴泉州德化,与中国外交集邮协会秘书长等,一起出席了含瓷片小型张的首发式。这种小型张还有一大特点,就是背景绘有伊本·白图泰远游中国的路线图(图3.4)。

图 3.3　摩洛哥和中国建交 50 周年

图 3.4　摩洛哥和中国建交 50 周年(含瓷片)

窗棂被视为中国古建筑的审美焦点之一。"窗含西岭千秋雪,门泊东吴万里船";"梦觉隔窗残月尽,五更春鸟满山啼"。邮票里的中国漏窗图案,我们很熟悉;那么,摩洛哥的圆形花卉图案又有什么来历呢?

摩洛哥是世界上第一个承认美国独立的国家,两国特别重视传统的友谊关系。1987年,为纪念美国与摩洛哥建交200周年,两国联合发行了纪念邮票,红色的邮票图案,都是一个近似花卉的圆形(图3.5,美国邮票首日封。图3.6,摩洛哥邮票)。(法国比摩洛哥晚2年才与美国建交,荷兰晚5年,西班牙、英国、葡萄牙、德国等就更晚了。)

图3.5 美国和摩洛哥建交200周年

图3.6 摩洛哥和美国建交200周年

远在美国的邮友戴定国告诉我:"邮票上的红色图案,查美国邮政新邮发行资料,居然没有提及。但在《纽约时报》1987年7月19日的报道中找到答案。文章说,它是一种阿拉伯风格的花纹,源自摩洛哥菲斯的巴塔宫殿(Dar Bathe Palace)一个华丽的彩绘门,现在是巴塔博物馆。

"您问我有什么含义,我查到一位集邮专栏作家理查德在1987年5月24日《太阳哨兵报》(Sun Sentinel)上发表的文章,称这个阿拉伯式的花纹是一颗12角星,并由一根单一、不间断的红线构成。"

我们到摩洛哥旅游时,曾在菲斯城见到了巴塔宫殿"华丽的彩绘门",我拍下了照片(图3.7)。原来,彩绘门是一座重重叠叠的门楼,布满了非常美丽的"阿拉伯式的花纹",上面有一排17扇窗户,窗棂图案变化很多,左起第3扇和右起第3扇是对称的,我发现,窗棂含有类似邮票上的圆形花样,每个圆形含8枚花瓣。

人们常说"打开心灵的窗子"。在摩中建交50周年纪念邮票上,为了把两国窗棂上的图案连接起来,设计者把圆形花纹改为10枚花瓣,其中3瓣是实心的,以便衬托摩洛哥的"所罗门之星"(绿色五角星)。

绿色进军　前面提到的哈桑二世(1929—1999年)(图3.8),号称"铁血国王",他是现任国王穆罕默德六世的父亲。

哈桑二世治下最轰动的成就,是1975年的"绿色进军"。当年11月,国王亲自号召民众起来收复撒哈拉,有35万志愿者积极响应。在摩洛哥军队的保护下,手无寸铁的男男女女高举绿星红旗,从摩洛哥塔尔法亚市出发,越过西属撒哈拉的边界线,浩浩荡荡地进行和平示威游行。当时,西班牙独裁者弗朗哥重病在床,政府一筹莫展,边境部队不敢开枪(图3.9)。

图3.7　巴塔宫殿大门

图3.8　哈桑二世国王

图3.9　1945年西属撒哈拉邮票

一周后,西班牙政府匆忙与摩洛哥、毛里塔尼亚签订了《马德里条约》,承诺放弃这块殖民地,将西属撒哈拉的三分之二划归摩洛哥,三分之一划归毛里塔尼亚。次年2月,西班牙完成了全面撤军。可是,《马德里条约》引起邻国阿尔及利亚的极度不满,他们支持主张撒哈拉独立的组织,催生了一个"阿拉伯撒哈拉民主共和国",摩洛哥、阿尔及利亚、毛里塔尼亚之间不时发生武装冲突。1979年,毛里塔尼亚宣布放弃对西撒哈拉的领土要求。1991年,在联合国的调停下,摩洛哥与主张撒哈拉独立的武装力量停止交火,但原定的公民投票没有实现。

摩洛哥历年发行的"绿色进军"纪念邮票,形成了系列(图 3.10—3.14)。2010 年纪念"绿色进军"35 周年的小全张(图 3.15),含 2 枚邮票,图案为人山人

图 3.10 "绿色进军"5 周年　　　　图 3.11 "绿色进军"6 周年

图 3.12 "绿色进军"　　图 3.13 "绿色进军"　　图 3.14 "绿色进军"
　　24 周年　　　　　　　27 周年　　　　　　　40 周年

图3.15 "绿色进军"37周年(含沙子)

海,进军沙漠,红旗飞扬,光芒四射;更有1只巨手,擎起一面极大的红旗,划破沙丘,向前突进。2枚邮票和底纸上,多处粘有撒哈拉的黄沙。这种印制法很聪明,撒哈拉的沙子取之不尽,借以记录几十万民众的足迹,既切题又气派。

摩洛哥邮政创新的套路很多,曾经发行镶嵌苜蓿种子的小版张;而撒哈拉沙子、中国瓷片又相继进入他们的邮票,不知今后还会有什么新花样呢。

撒哈拉　撒哈拉的意思是"沙漠"。如果说"我去撒哈拉沙漠",意即"我去沙漠沙漠",同义反复,没有必要。简单说"我去撒哈拉",就够了。

撒哈拉横贯非洲北部,东西长5600公里,南北宽1600公里,总面积9065000平方公里,接近于中国的面积,约占非洲总面积的32%。撒哈拉气候恶劣,被认为是"不适合生物生长的地方"。作为荒凉之地,它在地球上仅小于南极洲。

一望无际的撒哈拉,白天像烤炉,夜晚繁星笼罩,渺无人烟,寂静无声,只有风,带动流沙,不断改变着起伏的地貌。

在摩洛哥游览,我们懂得了什么叫"绿洲"。汽车奔驰百里,荒原无边无际,忽然,眼前冒出一片棕榈林,哪里有水源,哪里就有生命,有土房子,乃至有喧闹的集市。

在摩洛哥常见传统的"卖水人",打扮怪异,头戴夸张的伞形帽,肩挎羊皮囊,还佩一串闪亮的铜碗,赤着脚跳跳蹦蹦。外国游客谁敢喝他的水呢? 倒是常有本地人买。

　　"沙漠之舟"骆驼，在撒哈拉的地位，仅次于人类。从我收藏的1969年瑞典的船舶搭载明信片上，可见摩洛哥柏柏尔人骑骆驼的雄姿(图3.16)。1970年代摩洛哥的一枚试模印样，图案为"沙漠之舟"的形象(图3.17)。

 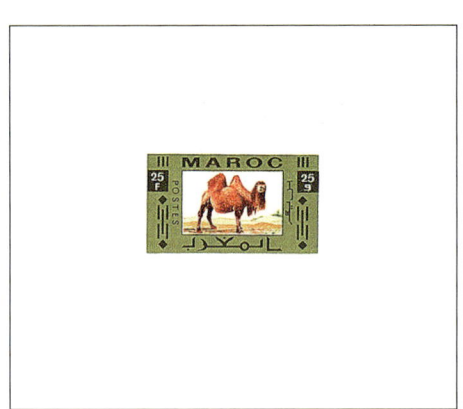

图3.16　柏柏尔人骑骆驼　　　　　　图3.17　沙漠之舟

　　最近购得2010年3月从摩洛哥菲斯寄中国苏州的1枚实寄封，贴阿拉伯邮政日纪念小全张，所含2枚邮票的图案，分别为信鸽与邮运驼队(图3.18)。这种图案的小全张，由阿拉伯邮政联盟的国家联合发行。

图3.18　阿拉伯邮政日

小全张里的骆驼是单峰的（我国西北的骆驼大多为双峰）。我们进到撒哈拉，骑的也是单峰骆驼。人跨上驼峰座椅，腰部系紧安全带，骆驼起立时，一周一折，骑者好像被摺往高处，不禁吓得大喊大叫。但是它接着缓步前行，又是那样的温柔、敦厚。不一会，人畜就和谐共处了。

就像邮票上的骆驼邮运队，我们十几个老年骑手鱼贯而行，披星戴月去迎接朝阳。柏柏尔导游告诉我们，美国克林顿总统的夫人希拉里来过撒哈拉，也跨上了同样的"沙漠之舟"。

太阳冉冉升起，沙丘上留下一行人与骆驼的优美剪影。开始人影是长长的，随着太阳升高，人影渐渐缩短。我想，无论多么有权势的人，步入浩瀚而永恒的撒哈拉，都会变成渺小的过客。

在阿里民俗村，我们观看了摩洛哥骑士的马术表演，据说这是穆罕默德六世国王非常喜爱的项目（前述金箔小全张里，就有国王穿阿拉伯大袍骑马的照片）。骑士们手持长枪，排成横列，一声令下，策马向观礼台直冲过来，临近时在马上竖起身，朝天鸣枪，马蹄飞奔，烟尘滚滚，霹雳惊空，全场亢奋。我在明信片和邮票上，一再看到过摩洛哥武装骑士的镜头（图 3.19—3.21）。

图 3.19　骑兵队

图 3.20　骑兵表演

图 3.21　鸣枪冲锋

卡萨布兰卡　一座城市因故事影片而名扬天下,最典型的,当属卡萨布兰卡了。

1942年11月,华纳兄弟公司摄制的影片《卡萨布兰卡》(中国译制片名为《北非谍影》)在美国上映,由亨弗莱·鲍嘉和英格丽·褒曼担任男女主角(图3.22,直布罗陀小全张,左上1枚邮票为英格丽·褒曼,副票图案取自老电影海报)。这部反纳粹的爱情故事片迅速风靡全球。电影里,间谍云集、跌宕起伏的

图 3.22　电影 100 年

情节，主要发生在卡萨布兰卡的里克咖啡馆。其实，这部影片拍摄时没有来这边取过一个景。有趣的是，如今在这座城市里，真有一家"里克咖啡馆"，室内布置完全按照影片的样子，墙上的屏幕不停地放映老电影《卡萨布兰卡》。这里也有老式的钢琴，只是弹奏者不是黑人。顾客们坐在小桌边品尝咖啡，耳边响起《时光流逝》的琴声，以及褒曼与鲍嘉的对白声……（图3.23，林霏开摄）

图3.23　里加咖啡馆一瞥

卡萨布兰卡意为"白色的房子"，这是一座白色的城市（图3.24，实寄明信片。图3.25，明信片）。

图3.24　卡萨布兰卡（1912年）

图 3.25　卡萨布兰卡（1930 年）

卡萨布兰卡是大西洋的重要港口，西方势力渗入较早，城市现代化也发展很快。但是贫富不均，不少区域嘈杂混乱。如今，卡萨布兰卡是摩洛哥第一大城市，是非洲第二大商港，摩洛哥三分之二的现代工业在此，八成以上的工业产值出于此。摩洛哥人口 3300 多万，十分之一居住在卡萨布兰卡；在摩洛哥的华人仅仅 2000 人左右，一半居住在卡萨布兰卡（图 3.26，法属摩洛哥航空邮票。图 3.27，摩洛哥寄美国挂号首日封）。

图 3.26　飞机飞越卡萨布兰卡（1953 年）

图 3.27　卡萨布兰卡上空的"所罗门之星"(1957 年)

旅游者喜欢追求"异国情调",初访卡萨布兰卡,我们的新鲜感特别强烈。在市中心的鸽子广场,坐着休息的当地女子,个个彩巾包头,身穿五彩缤纷的袍子。走在街上的妇女,无论老年或青年,也都是民族风格的打扮。1970 年的摩洛哥小全张,曾展示传统的服饰(图 3.28)。

图 3.28　民族传统服饰

哈桑二世大清真寺　摩洛哥国王哈桑二世曾经说:"我要在伊斯兰世界的最西方建一座巨大的清真寺,让北非拥有一座标志性的建筑,就像北美有自由女神

图 3.29　哈桑二世大清真寺

像一样。"

1993 年，在卡萨布兰卡的大西洋岸边，哈桑二世大清真寺矗立起来了（图 3.29，摩洛哥、比利时联合发行邮票）。该寺从 1980 年开始筹划，法国人平素的设计方案最终中标。1986 年奠基，历时 7 年建成，建造费用为 5.4 亿美元，动用了 35000 多名工匠。在建筑装饰过程中，舍易取难，充分采用传统的手工工艺（据说为贴制超过一万平方米的马赛克，先后有 41 名工匠从高处坠落致死）。有人认为，正是依靠着巨大的宗教热忱，如此宏大的工程才得以按时完成。

哈桑二世大清真寺占地面积达 9 万平方米，可容纳 12 万信徒同时进行祈祷，其中 60 米高的主体大厅可容纳 2.5 万人。祈祷大厅顶上，有两扇雪松木的活动顶棚，每扇为 3400 平方米、重 1100 吨，上面覆盖 30 万片特制的铝瓦片，在电力操纵下，顶棚可在 5 分钟内完全打开，让阳光洒入大厅。由于清真寺的一部分建在海上，大厅就体现了《古兰经》所称生命三要素（空气、水、土）的完美结合。如果顶棚关闭，厅内采光依靠 50 盏巨大的意大利手工水晶吊灯，其中最大的一盏重达 1.2 吨。大厅地下有电热供暖系统。大厅还有两个夹层，每个 3600 平方米，专供妇女祈祷使用。

哈桑二世大清真寺的宣礼塔，高达 200 米，是世界上最高的宗教建筑。阿訇乘电梯上下。宣礼塔顶端装有巨大的激光发射器，每晚发射出一束 30 公里外都能看见的激光,方向直指圣城麦加。有一天傍晚,从我们归途的车窗口,妻子抢拍到了这束激光。

　　清真寺靠近底部建有规模宏大、装饰华丽的大理石净身房,面积为6000平方米,可供1400人同时入浴。地下车库可停放1100辆汽车。清真寺的12扇大门采用钛合金制造,用内藏的铰链升降开合,可以抵御海风的侵袭。外部广场上,分布着大大小小、造型与花纹各异的124座大理石喷泉。附属建筑包括一座古籍图书馆和一座伊斯兰经学院。

　　无疑,哈桑二世大清真寺已成为摩洛哥"铁血国王"(图3.30)辉煌的纪念碑。

　　世界上不少清真寺(如麦加清真寺)是不允许非穆斯林进入的,而哈桑二世大清真寺欢迎各式人等入内参观。在那里,我们细细欣赏伊斯兰艺术成果,对摩洛哥人民的巨大创造力深感钦佩。

　　下面我要讲到摩洛哥历史悠久的四大皇城,马拉喀什、菲斯、拉巴特、梅克内斯,以及若干其他的名胜地。

图3.30　哈桑二世

　　"红城"马拉喀什　　马拉喀什老城,到处是当地的红土建筑,乃著名的世界文化遗产;而新城楼宇的外墙,也大多采用传统的红色。每当夕阳西下,整个城市反射出一片霞光,鳞次栉比的红房子,在绿色棕榈树、橄榄树的衬托下,令人目眩神迷。怪不得浪漫的法国名流们,喜欢选择到"红城"安度晚年。

　　马拉喀什是摩洛哥南部面向沙漠的门户,古代穿越撒哈拉的骆驼商旅队,都以此为出发点。马拉喀什的名称,起源于原住民柏柏尔人,意为"上帝的属地";今天摩洛哥国名的英文写法Morocco,就来源于马拉喀什(图3.31,1972年摩洛哥邮票首日封)。

　　老城中的库图比亚清真寺,据说在建造时,把近万袋香料掺入红土,也有一说,在宣礼塔中心封入香料,因此,走近清真寺就会闻到阵阵暗香。我们在寺外

图 3.31 马拉喀什民俗节

图 3.32 "香塔"极限明信片

参观,鼻子贴墙,没嗅到什么味道。不过,摩洛哥的邮品,可屡屡描绘库图比亚清真寺及其"香塔"(图 3.32)。

距离库图比亚清真寺不远,就是世界上最大的"不眠广场"。每天晚上,广场上灯火灿烂,到处是饮食摊、鲜榨果汁摊、成衣摊、纺织品摊、鞋摊、皮具摊、家具摊,还有卖鲜花、水、玩具的小贩,弄蛇的、耍猴的、说书的、算命的、变戏法的、跳肚皮舞的,不一而足。人们摩肩接踵,兴高采烈,流连忘返,似乎全城的人都跑到夜市上来了。西方游客坐在漂亮马车上巡视一周,个个瞪大了诧异的眼睛。而我们夫妇俩,直接步入穆斯林的人群,逛遍了整个大广场,买新鲜橙汁喝,与狡猾的小贩讨价还价,享受那种平凡而有趣的民间夜生活。

　　古老而浪漫的"红城"马拉喀什,每年流水般举办民俗节、艺术节,吸引来自世界各地的旅游者。自然,摩洛哥邮品也充分反映了这些多姿多彩的活动(图3.33　3.34)。

图 3.33　民间艺术节首日封

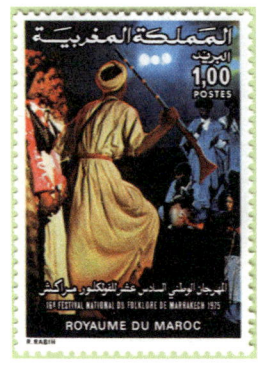 

图 3.34　民间艺术节

图 3.35 马若儿花园别墅

"红城"之中还有"蓝之魅",那是在马若儿花园。法国画家雅克·马若儿 1919 年开始在马拉喀什生活,他将世界各地美丽珍奇的植物,移植到自己的花园里,并营造了一小片棕榈林和一幢蓝色的小别墅。绿色的树木、仙人掌以及万紫千红的花卉,常以蓝色墙面做背景,四周又衬托着蓝、黄、红的大陶罐(图 3.35,林霏开摄)。1962 年,马若儿遇车祸去世。后来,花园卖给了法国时装大师伊夫·圣·罗兰。

2016 年 6 月,上海拍卖行曾拍卖世界名人手迹信札,内有法国艺术家克莱恩(1928—1962 年)的一封亲笔信。克莱恩被誉为当代艺术四位大师之一,以"克莱恩蓝"闻名。他最荒唐的创举是,让裸体女模特儿全身涂满蓝色颜料,在画布上翻滚,制造出"克莱恩蓝"的名画(图 3.36)。联想到马若儿花园,其实,"马若儿蓝"比"克莱恩蓝"要早得多,品位也相对较高。

图 3.36 "克莱恩蓝"名画首日封

世界文化遗产艾特·本哈杜村,离马拉喀什才几十公里,而在艰险的山路上,汽车竟要开四五个小时。艾特·本哈杜村为"筑垒村",就是建造在干涸河谷上的设防的城堡。

这一带的景观极具传奇色彩。您设想,在无边无际的大沙漠上,疲惫不堪的骆驼商旅队,艰难跋涉,正待通过一处沙丘;突然,平静的沙堆里冒出一帮大包头的土匪,手持弯刀冲杀过来……过去我们只知道"海盗",这回听说了世界上还有"沙盗"。筑垒村就是接纳沿途商旅,抵御"沙盗"的武装设防民居。

一枚法国的极限明信片,局部地展示了奇异的艾特·本哈杜筑垒村(图 3.37)。该村形成于 11 世纪,城堡以红土与木材建造,依山而立,层层叠叠,具有撒哈拉独特的风格。城堡顶部有一座座"头上出角"的小塔楼,室内仅 1—2 平方米,可用作瞭望哨所或祈祷室。筑垒村边仅有少量的棕榈树,放眼四野,荒凉无比。我们游览时,干燥的撒哈拉劲风,竟把一位旅友的帽子吹走(图 3.38,摩洛哥邮票)。

图 3.37　筑垒村极限明信片

图 3.38　筑垒村

就在这样的荒原,拍摄过多少脍炙人口的电影啊!例如:《阿拉伯的劳伦斯》《霸王铁金刚》《拿撒勒的耶稣》《尼罗河的宝藏》《007 黎明生机》《基督最后的诱惑》《情陷撒哈拉》《木乃伊》《角斗士》《亚历山大大帝》……

如果您有机会去摩洛哥旅游,撒哈拉与筑垒村,千万不要错过啊!

"谜城"菲斯　"紧跟本地导游,紧跟!掉了队,就走不出来了!"领队一再提醒,可是我全神贯注于购买小摊上的花生糖,一抬头,队伍不见了。还好,当地人

图 3.39　菲斯古城（1978 年）

热情地为我指路，七拐八弯，终于赶上了旅游团。

菲斯——它是四大皇城中最古老的一座（图 3.39，摩洛哥邮票）。它的建立可追溯到 8 世纪，穆勒·伊德里斯在麦加的争权中失败，流亡北非，决定在此安顿。他的儿子伊德里斯二世，几十年间接纳了从中非、西班牙、土耳其迁徙过来的几千住户，包括大量的手工艺者、商人和知识分子，菲斯城逐渐成形。9 世纪至 11 世纪初，菲斯建立了世界上第一所高等学府——卡拉维因大学以及一座清修院。12 世纪中叶，苏丹艾尔穆门征服了这座"世界各地旅游者云集的城市"，从此，菲斯成为海上"丝绸之路"的一个重要节点。到 12 世纪末，菲斯已经拥有 12 万间房屋，3500 多个作坊。考古学者认为，1170—1180 年间，菲斯是全世界最大的城市。

15 世纪时，菲斯商人将谷物和皮革运往葡萄牙，进口英国的工业品和衣料，出口地毯和香料，贸易范围远至东非、波斯、印度、中国。

从布日卢蓝门进入菲斯，如今，这座"谜城"有 9044 条街道，街道最宽处 5 米，最窄处一人还得侧身而过，多数街道可通行毛驴、手推车，而机动车根本无法进入。城内原有清真寺 785 座，经过地震后，留存至今的还有 360 座。

菲斯是"世界上最容易迷路的城市"，绰号为"谜城"（图 3.40，2007 年摩洛哥邮票，2008 年加字）。

图 3.40　菲斯古城（2007 年，2008 年）

不计其数的小商铺,同类型的挤在一起。这里是叮叮咚咚的铜器店,那里是堆积如山的干果店、香料店;这里专卖新娘嫁妆与婚礼用品,那里出售新鲜牛羊肉。刚割下的五六个骆驼头,眼睛圆睁,吓人地排列于案板……染坊像 800 年前一样手工操作,工人冒着烈日,跳入巨大的陶缸,搅拌五颜六色的染料……

领队邓嘉先生给我看他的著作。对于菲斯老城,他描述道:"作为摩洛哥最重要的世界文化遗产,菲斯老城区 800 年来从没有真正改变过。即使在伊斯兰教的发源地中东,也不可能再看到真正属于那个神话时代的城市遗迹。然而在这里,仿佛时光停止,纹丝未变。无论是混乱喧嚣的城市总体,狭窄曲折的道路小径,还是那些穿着传统长袍大声叫卖或是悠闲喝茶的居民,薄荷茶的清香,鞣皮革的恶臭,婴儿的啼哭,毛驴的铁掌践踏,好的和坏的,生老病死,衣食住行,一切都被这座老城温柔地保护起来,施施然间,已过千年。"

千百年不变,简直匪夷所思!密集的建筑,密集的人群,长期同舟共济。有的人离开菲斯发了财,最后还要回到菲斯来终老。大概有一种宗教的影响力,左右着菲斯的一切(图 3.41,2008 年摩洛哥邮票)。

首都拉巴特　拉巴特是摩洛哥的首都,其老城墙的遗址,长达 6 公里(图 3.42,摩洛哥邮票)。

图 3.41　菲斯古城 1200 周年

图 3.42　拉巴特古城门

摩洛哥皇宫建造于1864年,目前是举行重大国事活动的场所。"铁血国王"哈桑二世为避免暗杀,从来不在皇宫居住;现在的国王穆罕默德六世,留恋过去的太子府,也不迁入皇宫。有趣的是,依据传统,皇宫门前每天有三种不同制服的士兵一起站岗,他们分属各个地区的不同部队,据说可以互相牵制,防止叛乱。

皇宫不远处,就是拉巴特的标志性建筑——哈桑塔。12世纪时,柏柏尔王朝的阿尔默哈德家族获得哈里发的地位,号称"胜利者"的苏丹——艾尔曼苏尔,曾经打败西班牙,把欧洲的安达露西亚并入摩洛哥的版图。艾尔曼苏尔雄心勃勃,决定在拉巴特建造一座世界上最大的清真寺,占地2.5万平方米,有19个殿堂,由480根柱子支撑,宣礼塔高80米。但是,1199年,苏丹去世了,清真寺的建造半途停工,从此再没有复工。广场上留下了200根残柱,宣礼塔只建到44米。

这一带变成了游览胜地。半截子的宣礼塔,获得了"哈桑塔"的新名称(图3.43—3.44)。

图3.43 哈桑塔(1)

1755年葡萄牙里斯本发生大地震,波及北非,拉巴特广场的建筑纷纷倒塌,唯有哈桑塔岿然不动。1956年,穆罕默德五世国王,在哈桑塔上庄严宣布摩洛哥独立。摩洛哥的邮票,把哈桑塔作为国家的象征;它的地位,就像中国邮票上的天安门。

在拉巴特游览,值得去的地方,还有舍拉废墟和乌达亚堡。前者是古罗马与伊斯兰两种风格混杂的遗迹。后者很像希腊的小渔村,房屋、街巷,一律粉刷成

图 3.44　哈桑塔（2）

蓝、白双色，非常的清新优雅。

古城梅克内斯　梅克内斯古城保护完好，是重要的世界文化遗产。

古城有许多马格里布式城门，因此，梅克内斯又被称为"多门之城"。最为著名的是曼苏尔大门（图 3.45，法属摩洛哥邮票），它包括高大的主门与两边的几重护堡。大门的出入两端错开，防卫时可起到缓冲作用。大门设计者力图体现基督徒皈依伊斯兰教的主题，在它的中心主体布满伊斯兰的传统元素，精细繁复的花纹，嵌入了《古兰经》箴言。在相当于城垛的位置，装饰了大量阿拉伯文的草书图案。曼苏尔大门被学者们视为摩洛哥皇朝的凯旋门（图 3.46，1953 年法属摩洛哥极限明信片，骑马送信人来到城门边）。

图 3.45　曼苏尔大门

图 3.46　邮票日

牵牛花城　从梅克内斯北行 30 公里,就到了牵牛花城(沃吕比利斯)。历史上这座城市曾被埃及艳后克里奥佩特拉和恺撒的女婿茹巴二世统治,其建筑混合了埃及、罗马、希腊风格。3 世纪时,这里成为罗马非洲行省的首府。遗址被联合国教科文组织列为世界文化遗产,尤为珍贵的是遗址中 300 多幅马赛克拼图,至今亮丽夺目,描绘的神话人物、动植物栩栩如生。从摩洛哥的明信片上,我们可以窥豹一斑(图 3.47—3.48)。

图 3.47　牵牛花城的马赛克地面

图 3.48　马赛克拼图

丹吉尔　丹吉尔在非洲的最西北角,临近直布罗陀海峡,天气晴好的时候,从该城可以遥见欧洲的山梁。这里是葡萄牙、西班牙、法国、英国、德国等殖民者先后角逐的地方,也经历过伊斯兰最繁荣兴盛的时期,所以,建筑面貌多种多样

(图 3.49,1911 年法属摩洛哥寄法国。图 3.50,法属摩洛哥老明信片。图 3.51,摩洛哥古城堡。图 3.52,伊朗邮票,与摩洛哥联合发行)。

图 3.49　1911 年丹吉尔实寄明信片

图 3.50　丹吉尔集市

图 3.51　邮票试色印样

图 3.52　伊朗、摩洛哥古城堡

4　回眸埃及

俗话说："不到长城非好汉。"怪不得美国总统奥巴马一到北京，就迫不及待登上长城，摆 POSE 让记者拍下他昂首挺立的镜头。

从全球范围来看，岂不也该说："不见金字塔非好汉？"可是许多人不想去埃及旅游。他们忌讳参观陵墓与木乃伊，害怕与亡灵对话。

其实，人类文明史的这一章，非读不可。

金字塔　2006 年中国与埃及建交 50 周年时，埃及邮政委托中方设计与印制了纪念邮票和小型张。全套 2 枚邮票的图案，分别为埃及的阿布辛拜勒神庙与中国的西安古城楼，小型张背景为金字塔、狮身人面像与长城。人类古文明最具代表性的建筑，一下子集中到这组邮品中了。在非洲与阿拉伯地区，埃及是第一个同中华人民共和国建交的国家。埃及小型张上，用了阿拉伯文和中文两种字样。按照惯例，中文理应写为"埃及—中国建交 50 周年"；而由于中方设计，反客为主，竟然写成了"中国—埃及建交 50 周年"（图 4.1）。

2010 年，在埃及发行的上海世博会纪念邮票上，我们见到"世"字人形的会标，还有金字塔、狮身人面像、方尖碑、埃及馆建筑等（图 4.2）。

图 4.1　中国—埃及建交 50 周年

图 4.2　上海世博会

　　金字塔是法老的陵墓,据说迄今在埃及已发现 96 座。位于开罗附近的吉萨地区,有胡夫法老的大金字塔,以及他儿子、孙子的金字塔。这一金字塔群,是旅游者必到之处。狮身人面像的面容仿照胡夫。有说是胡夫兴建大金字塔时,遗留一块巨石,令人雕刻"斯芬克斯"(埃及神话中的神像)。又有人考证说,是胡夫的儿子派人摹刻父亲的相貌。

　　埃及首枚邮票诞生于 1866 年,图案为伊斯兰文字,纸张里隐含"太阳与金字塔"的水印。1867 年的第 2 套邮票,以金字塔与狮身人面像为图案。此后,金字塔与狮身人面像成为埃及邮票常见的题材。

1872年的埃及小版张,是我经常欣赏的古典邮品(图4.3)。我想,这种观摩时的愉悦,与华邮收藏者琢磨大龙邮票"全格"的心情,是相通的(固然大龙邮票更昂贵)。您看一百多年前的设计,25枚为1小版,矩形的文字框,套上蛋形的主图,金字塔与狮身人面像显得十分稳重,而由细线、小点(方、圆、菱形)构成椭圆形、方形、三角形的销票戳,尤其活泼可爱。在英国"黑便士"邮票诞生32年后,人们的集邮兴致,以及创新的乐趣,跃然纸上。

图4.3　金字塔小版张

长城始建于西周,胡夫金字塔约建于公元前2690年,比长城早1790年。金字塔的特点,一言以蔽之:大!胡夫金字塔由200多万块巨石堆成,每块重2.5吨。我们来到金字塔边,发现每块石头都接近成人的肩膀高,如果没有人推送,或不走特辟的斜道,根本爬不上去。1867年,马克·吐温作为年轻的美国记者,来到胡夫金字塔,阿拉伯导游怂恿他往上爬(那时可以登顶,现在只准到2层),每登一步,他都得把膝盖往上提到嘴边,导游则在下面顶他。爬到半截,气急败坏,上去难,下也难,阿拉伯人狡黠地乘机要他增加小费。这些经历,都写在他幽默的报道中,后来出书,书名为《傻子出国记》。

早期的埃及邮票仅用单色印刷,组合搭配变化多姿。这里有一个 1911 年 5 月 11 日从埃及寄往法国巴黎的信封,贴了 6 枚面值不同、图案相同的金字塔邮票,"拼图"相当美观(图 4.4)。

图 4.4　金字塔邮票实寄封

这 6 枚邮票的面值、刷色、发行年份是:

1 米利姆,棕,1888 年;

2 米利姆,绿,1888 年;

3 米利姆,橘黄,1893 年;

4 米利姆,棕红,1906 年;

5 米利姆,洋红,1888 年;

1 皮阿斯特,深蓝,1884 年。

邮资合计为 25 米利姆或 2.5 皮阿斯特。从跨度达 22 年间先后发行的金字塔邮票里,选用了这么 6 枚。您看,这是不是一位集邮者所为呢?至少,寄信人对美丽的邮票是情有独钟的。

金面罩　2001年,在中国和埃及建交45周年的时候,图坦卡蒙金面罩同时出现在中国与埃及的邮票上(图4.5),同一套邮票另一枚的图案是四川三星堆金面罩铜人头像。

图4.5　中国—埃及建交45周年

埃及第18王朝图坦卡蒙法老的陵墓,位于帝王谷。1922年,它被英国学者卡特打开了,这是考古史上空前惊人的发现,迄今只有秦兵马俑的出土可与之媲美。图坦卡蒙陵墓的发现物品多达5000件,其中1700件现藏于开罗的国家博物馆。博物馆陈列最耀眼的部分,是围绕图坦卡蒙"真身"的设施,有4个小房间模样的木椁,由大到小,一个套一个,每个表面都用金箔包裹,精雕细镂,有门有锁。在第4个木椁里面,有1具石英岩雕成的大石棺;石棺里面,又是一重套一重的人形棺材,由大到小共3个,其中2个是贴金的木棺,第3个是纯金棺材(黄金重达110.4公斤);纯金棺材里面,出土时躺着图坦卡蒙法老的木乃伊,他脸上蒙着金面罩(由10公斤纯金打造)。金面罩还镶嵌了许多蓝色的条纹玻璃。中埃两国的邮票,逼真地还原了著名的金面罩。

我曾经这样记述在开罗博物馆参观的印象:"满屋子黄金闪耀,令人眼花缭乱。来自各大洲黄、白、黑、红、褐各种肤色的游客,摩肩接踵,人人瞪大了眼睛,仿佛掉进了无比奢华的金色海洋,都惊异得说不出话来。古埃及法老如此替'来世复生'积聚财富,太超乎现代人的想象了。"

图坦卡蒙墓还出土了一具年轻法老捕鱼的金人像,英国邮票曾复制了他的上半身(图4.6),最近,我在一枚老明信片上,又看到了完整的全身像(图4.7)。原来,黄金铸造的捕鱼法老,是站在一条象征性的独木舟上。他右手高擎的是鱼叉吗?

图 4.6　法老捕鱼金像（半身）

图 4.7　法老捕鱼金像（全身）

图 4.8　努比亚卫士塑像

为什么杆子头上又呈圆圈形呢？绿色的独木舟和闪光的黄金包皮，质感很强；法老头戴眼镜蛇王冠，身穿轻纱般的衣裳，脚蹬凉鞋，全神贯注，充满动感。三千多年前有如此逼真的人物造型与精湛的铸造工艺，不禁令人拍案叫绝！

　　1967年发行的埃及邮票上，有努比亚卫士手持长矛的彩色塑像，他黝黑的肌肉富有弹性，头饰、佩饰、衣裙，都闪耀着金光（图 4.8）。

就像熊猫已成野生动物保护的标识一样,将近一个世纪来,图坦卡蒙金面罩也常被作为考古发掘的标识。由图坦卡蒙金面罩联想到四川三星堆铜人的金面罩,又联想到美洲玛雅祭祀仪式的面具,地球上天涯海角的文明流转,是何等的神秘莫测啊。

奈菲尔提蒂　她是古埃及第一号美人,埃赫那顿法老(公元前1353—1336)的妻子。在埃赫那顿死后,据说她还接过王位,继续统治埃及数年。最近有报道说,帝王谷图坦卡蒙陵墓的深处,可能藏有两个暗室,其中一个也许安葬着奈菲尔提蒂的木乃伊。如果发掘成功,必将震动天下。

1912年,由鲁德维格·伯查尔特率领的德国考古队,在尼罗河东岸发现了雕刻家图特摩斯的作坊,找到几具奈菲尔提蒂的雕像。其中包括后来运往柏林的那一尊,埃及邮票与德国邮票都曾用作图案(图4.9,上面一排为埃及邮票,下为放大了的德国邮票)。从邮票上可以看出,奈菲尔提蒂面容姣好,细眉、杏眼、鼻梁挺拔,嘴唇很宽,颈脖修长,一副聪慧、机灵、坚毅、高贵的样子。据说她大力辅佐埃赫那顿法老进行宗教改革(从多神信仰改为一神教——崇拜唯一的太阳神阿顿)。而且,她还热衷于艺术创作,提倡人性化的风格。在留存至今的一幅彩色壁画中,奈菲尔提蒂怀抱幼儿,沐浴着"千手阳光",与埃赫那顿法老亲切交谈,气氛融洽就如埃及的平民生活。1964年埃及采用这幅壁画,作为阿拉伯母亲节纪念邮票的图案(图4.10)。

图4.9　奈菲尔提蒂塑像

图4.10　阿拉伯母亲节

宗教改革损害了祭司阶层的利益,以失败告终。埃赫那顿的新城被摧毁,他的雕像到处遭受破坏。后来,图坦卡蒙法老不得不让多神信仰复辟。但是,在凯尔纳克神庙等残留的碑铭中,还可以发现传诵一时的奈菲尔提蒂的许多封号,她曾被称为"伟大国王所宠爱的妻子""拥有两块土地的女士""埃及各阶层的女主人""伟大的关爱者""甜蜜的女主人""可爱的人"等。

古埃及瑰宝的发现,使文物买卖与明抢暗偷大行其道。拿破仑的军队携带大批学者,一路来到金字塔下。巴黎、罗马、伊斯坦布尔的广场上,都竖起了从埃及运过去的方尖碑。伦敦的大英博物馆和纽约的大都会博物馆,争先恐后展出埃及神庙的遗物。西方掀起了"埃及热",旅游顿成时髦,许多漫画明信片描绘了当时的"洋相"(图 4.11—4.14)。

图 4.11　小向导带领游客

图 4.12　洋游客膜拜法老

图 4.13　沙漠之梦

图 4.14　与古人合影

凯尔纳克　当你走进凯尔纳克神庙,会情不自禁发出惊叹。震撼! 震撼!

凯尔纳克神庙位于开罗以南 7 公里的尼罗河东岸,它是对太阳神阿蒙的崇拜中心(图 4.15)。神庙外的道路两旁,有左右两列"斯芬克斯"石雕——不是狮身人面像,而是狮身羊头像(埃及还有狮身鹰头的斯芬克斯)。进入凯尔纳克神庙巍峨的大门,最令人惊叹的是大柱厅(图 4.16—4.17)。它建于公元前 14—13 世纪,距今 3300 多年了。厅的长度为 366 米,宽 110 米,面积达 5000 平方米,厅内有 16 排共 134 根石柱,中央的两排石柱,每根直径 3.57 米,高 21 米,上面顶的大梁,每根长 9.21 米、重 65 吨。穿行于石柱"森林"中的游客,显得多么渺小啊! 故事影片《尼罗河上的惨案》有一段镜头,拍摄于凯尔纳克的大柱厅:一块

图 4.15 凯尔纳克神庙

图 4.16 大柱厅(正面)

图 4.17 大柱厅(侧面)

巨石从柱顶被不知名的手推下,差点砸死巨额遗产的继承人林内特。

在神庙的石柱与墙壁上,刻满了象形文字,其中有著名的《图特摩斯三世年代记》,以及叙述1299年拉美西斯二世领军西征,在卡迭什战役中打败赫梯人的史绩。

请看1907年10月21日从开罗寄往纽约的一张明信片(图4.18),贴2枚面值1米利姆的金字塔与狮身人面像邮票,明信片画面为凯尔纳克神庙的部分遗

图 4.18 凯尔纳克遗址

址：4 尊拉美西斯二世的立像，3 尊没有了头部，一旁还有倒塌的立柱；骑马的阿拉伯人在立像脚边活动，小若蝼蚁。

凯尔纳克神庙群占地 24.8 公顷，除了大柱厅，院子里还有高达 29 米、重 323 吨的方尖碑，它是纪念哈特谢普苏特女法老的。过去，碑上涂有黄金，在太阳下闪闪发光。遗址中的悬石数千年不掉下来，虽然有危险，游客却争着要站到残石墩上去照相（图 4.19）。

尼罗河 就像黄河是中国的母亲河，尼罗河则是埃及和非洲的母亲河。尼罗河全长 6670 公里，是世界最长的河。在埃及境内，它从南部的努比亚地区，不停地向北流淌，经过开罗，分叉而

图 4.19 神庙部分遗址

造成三角洲（尼罗河被比喻为一柄白莲花），最终注入地中海。

尼罗河的邮轮，自北向南，上溯而行，两岸有椰树、沙漠，偶见人影。有一段航程，还换乘三角帆的小舟，让我们体验努比亚黑人的水上生活。埃及早期邮票

图 4.20 埃及普通邮票

上有这种三角帆船的图案(图 4.20),它使我联想到民国初年的帆船邮票,确有异曲同工之妙。小船无声地漂流,四周有一种宁静的美。尼罗河水十分平缓,凉风习习,驾船的黑人很亲切,如果不是怕血吸虫,我真想跳进水里游泳。

太阳每天从东边升起,向西边落下。因此,埃及人把神庙盖在尼罗河东的地面,而把法老陵墓建在河西的地下。他们相信生命的循环,死后又能从东方复生。

为了让游客避开烈日,邮轮每天于傍晚靠岸。其时,河东的神庙沐浴在柔和的夕阳下,分外壮丽。1906 年 2 月 8 日贴英国邮票的一张实寄明信片,记录了卡姆·翁布神庙的景色(图 4.21)。这座神庙是由希腊人建造的,祭祀鹰神与鳄鱼神。我们上岸参观,发现建筑保护完好,门口的鹰神与鳄鱼神雕塑,怪异而生动。

图 4.21 卡姆·翁布神庙

1906 年 2 月 12 日,另一张贴英国邮票的实寄明信片,记录了宏伟的梅迪内·哈布神庙(图 4.22)。遗址墙上有人物浅浮雕,巨柱与门楣上,刻满象形文字。画面上,衣着华丽的阿拉伯商人,包头巾的骑马女子,牵毛驴的脚夫们,都在阴凉处休息。

图 4.22　梅迪内·哈布神庙

神庙与陵墓都有石像和浮雕，还有琳琅满目的彩色壁画。1925 年从开罗寄往罗马的一张明信片，展示了壁画的一个局部（图 4.23）。画中有长长的太阳船，每逢河谷之节，祭司们护卫着神像，坐太阳船在尼罗河里巡游，替法老与子民们祈福。埃及雕塑与壁画里还经常出现胡狼（又名豺），它是引魂之神，主管葬礼与制作木乃伊。还有鹭头人身的智慧之神，名叫托特，主管医药，它经常坐在月亮里看书。埃及壁画中的人物都呈正侧面，每一件物品都有寓意，例如埃及艳后克利奥帕特拉的王冠，牛角形含圆形的太阳，表示上、下埃及的两块土地，全归她统治。埃及发明了象形文字与沙草纸印刷技术，几千年的文明得以继承与传播，大大超越了那些没有文字、不懂印刷的民族。

图 4.23　神庙壁画

阿布辛拜勒　阿布辛拜勒神庙是古埃及"造神运动"的登峰造极之作。造的什么"神"呢？就是拉美西斯二世自己。他是埃及第 19 王朝第 3 代法老（公元前 1279—1213 年在位）。他活了 93 岁。

1912 年 12 月 29 日，有一位 J. G. 先生，从埃及往瑞士寄了一张明信片给 Grob. Ris 太太。明信片乍看是一片椰林，细看在林间空地上，躺着一具硕大无比的石像，它就是拉美西斯二世的雕像（图 4.24）。这位法老骁勇善战，功成名遂，热衷于大兴土木，为自己树碑立传。光是在努比亚黑人地区，他就替自己建造了 6 座神庙。

图 4.24　倒卧的拉美西斯二世像

我们坐邮轮上溯尼罗河，来到阿斯旺水坝，每人还要花 100 多美元，坐小飞机去看阿布辛拜勒神庙，参观时间不过 2 小时。值不值呢？值！这是毕生难得一见的古迹。不到阿布辛拜勒，枉来埃及一趟！

阿布辛拜勒不仅是一座石头建筑，它整个是一座山。开山而凿，乃有神庙。1960 年代，埃及兴建阿斯旺水坝，将淹没阿布辛拜勒神庙。于是，在联合国教科文组织的倡议下，各国展开了"拯救努比亚"的募捐活动，其中有一项，就是同时发行"拯救努比亚"纪念邮票。埃及、加纳、多哥、尼日利亚、尼日尔、科特迪瓦、利比亚、加蓬、塞内加尔、刚果、中非、突尼斯、毛里塔尼亚、乍得、马里、印度尼西亚、韩国等纷纷响应，同一主题、不同画面的邮票，构成一部从未有过的"埃及学"教材，也是一部出色的专题邮集。

尼日利亚邮票突出了水淹雕像（拉美西斯二世与妻子尼菲塔莉）（图 4.25）。加纳的首日封（图 4.26），包含 5 枚邮票，图案有拉美西斯二世雕像、阿布辛拜勒神庙（局部）、尼菲塔莉敬献饮料、何露斯神鸟携带生命之钥飞过尼罗河等，一派生生不息的景象，呼唤人们去"拯救努比亚"！

图 4.25　拉美西斯二世和妻子

图 4.26　加纳首日封

阿布辛拜勒神庙的外观主体是 4 尊从山崖上开凿出来的法老坐像，一模一样，均为拉美西斯二世本人（左起第 2 尊的头部已毁）。每尊坐像高约 20 米，左耳至右耳宽 4.2 米，耳朵高 1 米。一个成年人可以舒舒服服地坐在石像的耳朵里。石像的眼睛宽 84 厘米，鼻子高 98 厘米，放在膝盖上的手掌长 2.64 米，比一张双人床还要大。走进神庙就是钻入山肚子里，纵深达 60 米。大立柱室有 8 尊高 10 米的立像，一模一样，都像拉美西斯二世。最深处为至圣所，供奉 4 尊神像,其中 1 尊的面容,肯定是拉美西斯二世。

法老妻子尼菲塔莉的雕像被大大缩小,置于山外拉美西斯二世坐像的小腿之间。而游客们到了那里,更小若芝麻绿豆,游弋于法老的足趾之下。

"拯救努比亚"运动很成功。根据瑞典专家的方案,阿布辛拜勒神庙和巨像,如同"切蛋糕"那样,被切割成 1050 块,每块重 33 吨,严格编号,运到另一处高出河床 60 米的高地上,重新砌合复原。这个"愚公移山"现代版的工程,耗时 4 年(1964—1968 年),参与者有各国专家和埃及劳工 3000 人。与阿布辛拜勒神庙一起搬迁的,还有另一座尼菲塔莉神庙。

韩国小型张展示了我们今天看到的阿布辛拜勒神庙的全貌(图 4.27)。

图 4.27　阿布辛拜勒神庙

事后想想,拉美西斯二世究竟是伟人,还是疯子呢？如此歇斯底里地为自己"造神",最后落得什么下场呢？正是在拉美西斯二世耗尽国力之时,埃及王朝开始走向衰落。开罗的博物馆"珍藏"着拉美西斯二世的木乃伊(要另花美元才能参观)——1 具丑陋不堪的干尸,它无论如何不能令人感觉"伟大"。大而无当的人造神像,变成了一种虚妄的讽刺。

行文至此,我想起了集邮家郭润康先生的《百岁感悟》:"生活平实,心情淡泊……处世与人为善,遇事顺其自然"……这是在伟大的现代,才有长寿者如此通达的抒写。

5　回想以色列

图 5.1　中以建交 20 周年纪念卡

祈求和平　这里有 1 张《中国-以色列建交 20 周年》纪念卡（图 5.1），贴有 2012 年两国联合发行的邮票，分别盖两国的纪念邮戳。邮票图案是以色列的白色和平鸽与中国的彩色太平鸟。美丽的太平鸟在中国容易见到，经过驯养它会表演叼纸牌、取硬币、运水等杂耍动作。固然，联合发行邮票的主旨是祝愿世界和平。

以色列驻华大使安泰毅先生在纪念卡上写道："2012 年龙年是以中两国建交 20 周年。以中两国之间的密切关系已经有数百年的历史了，从最早的开封犹太社团，到犹太人在哈尔滨、天津和上海安家立业，再一直发展到今天我们两国之间牢不可破的友谊。我们两国的关系不仅是双边关系及贸易，也包括农业、科技、文化等领域的合作。我们两个古老的民族相互尊重，彼此敬佩，各自保持着千年文明特色，并不断发展进步。我们两国自古就追求和平与和谐，这一切在两国发行的纪念邮票上得以见证。"

仔细比较两国的同图邮票,可以发现一些有趣的差异:太平鸟的羽色描绘,中国的右翅棕色带白条,而以色列的右翅以蓝色为主;尾羽,中国的有箭镞状白色,以色列的是褐色由浓渐淡。和平鸽,中国邮票上有红眼眶,以色列邮票没有,红色脚爪也是中国的较大。

近些年,以色列邮票善于利用副票做文章。在这一套邮票的副票上,以、中两国飘扬的国旗,希伯来文、英文和红色的汉字,补充了邮票的内涵,扩展了邮票的艺术效果。

又如2010年以色列发行的上海世博会纪念邮票(图5.2),全套3枚,副票上有上海世博会"世2010"的标识。邮票的主图分别为:中央处理器(高科技)、灌溉(农业)、药丸摄像机(医疗)。邮票既反映了以色列最突出的发展成果,又展现了以中两国广泛的合作领域。

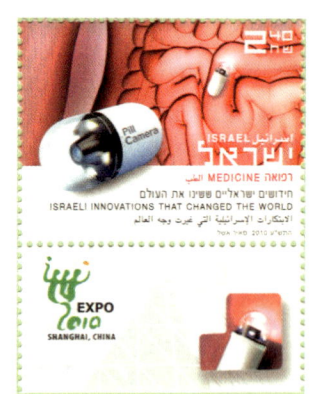

图5.2 上海世博会

耶路撒冷 "耶路撒冷,耶路撒冷……"旅游车里不断播放着辽远、悲凉的歌曲,我们来到了建城已3000年的耶路撒冷。

1922—1947年,耶路撒冷属于英国托管的巴勒斯坦。1947年联大通过决议,耶路撒冷由联合国管理。1948年以色列建国,经过第一次中东战争,以色列占领了西耶路撒冷,而东耶路撒冷继续由约旦控制。

1962年的一个以色列首日封,题为《加快占领耶路撒冷》(图5.3)。贴古钱币邮票,销耶路撒冷邮戳,封图为来自世界各地的犹太人,扶老携幼走下飞机舷

图 5.3　1962 年以色列首日封

梯。这个发行量稀少的首日封,记录了犹太复国主义的重要历史时刻。

1967 年第三次中东战争("六日战争")爆发,以色列迅速占领了耶路撒冷全城。1980 年以色列议会通过决议,宣称"耶路撒冷是以色列永恒的不可分割的首都"。美国予以支持,但联合国并不承认。

1988 年,巴勒斯坦全国委员会发布《独立宣言》,建立了巴勒斯坦国,边界未定,但确定首都为耶路撒冷。同年,中国与巴勒斯坦建交。

至今,耶路撒冷依然全部控制在以色列手里。这里就像一个火山口,天天不平静,乃全世界媒体 24 小时聚焦的纷争舞台。

犹太教、基督教、伊斯兰教都奉耶路撒冷为圣城。它是许多教派的共同家园,但各个教派都认为这座城市只属于自己。数千年来,阴谋、冲突、残杀、战争,此伏彼起,城市 18 次被夷为平地,灾后又获重建。

耶路撒冷是唯一拥有两种存在的城市:天堂和人间。赫胥黎说,它是"宗教的屠宰场"。福楼拜说,它是一个"停尸房"。梅尔维尔说,耶路撒冷是一个被"死亡大军"包围的"头盖骨"。

耶路撒冷的地形非常独特,你站在橄榄山上,眼前丘陵起伏,一望无际。看对面的耶路撒冷老城,令人触目惊心,百感交集。

1996 年阿塞拜疆发行小全张,纪念耶路撒冷建城 3000 年,画面展示了橄榄山上看到的老城全景,3枚邮票则分别表现三大宗教:伊斯兰教的岩石圆顶清真寺,基督教的圣墓大教堂,犹太教徒在哭墙前诵经(图5.4)。

图5.4　耶路撒冷建城3000年

老城共有8座城门:大马士革门、新门、雅法门、锡安门、粪厂门、金门、狮子门、希律门。以色列邮票和小型张一一作了展示(图5.5)。

图5.5　耶路撒冷的城门　　　　　图5.6　金门

我们看到,正对橄榄山的金门(图 5.6,1963 年耶路撒冷寄美国明信片)是封闭的。信众们相信,当世界末日来临时,上帝将派弥赛亚下凡,来拯救人类,他会打开金门,走进耶路撒冷城,死人随之纷纷复活。故此,多少年来,病入膏肓的人从四面八方奔向圣城,力图最终能葬在金门之外,以致老城墙外密密麻麻布满了石棺与墓穴。耶路撒冷被形容为"死亡之城",令每一个旅游者过目难忘。

1995 年以色列发行了《耶路撒冷大卫城 3000 年》邮票小全张(图 5.7)。2010 年又发行耶路撒冷老城墙纪念邮票(图 5.8)。

图 5.7　耶路撒冷大卫城 3000 年

图 5.8　耶路撒冷老城墙

耶路撒冷城内建有以色列国家博物馆,它的建筑非常奇特,外观像一只白色的尖顶大蘑菇,覆盖着地下的圣器与宝藏(图 5.9)。藏品中包括《死海古卷》4 万多卷及其残片,最长的经卷达 8 米多。现在,古卷已全部整理出版。古卷证实了《旧约全书》中许多地点的真实性,先知们当年生存的环境活灵活现,当然,也充满了宗教迷信、幻想与传说。1997 年以色列与埃及联合发行邮票,纪念开罗考古 100 周年与《死海古卷》发现 50 周年,小型张突出描绘了从岩洞里出土的秘藏古卷的炮弹形瓦罐(图 5.10)。

图 5.9　以色列国家博物馆

图 5.10　《死海古卷》出土

步步故事　在耶路撒冷,每走一步都能联想到宗教故事。

耶稣无处不在。加利利海边,耶稣曾来布道。这里有捕鱼的神迹(图 5.11,

图 5.11　耶稣捕鱼的神迹

马拉维小型张,拉斐尔绘画)。有一天,听众们饥饿了,耶稣瞬间变出 2 条鱼、5 张饼,居然让 5000 人吃饱了。我们参观了二鱼五饼教堂,并在加利利海上泛舟撒网,虽然什么也没捕到,但在岸边餐馆吃了烤鱼,还不忘每人给侍者 1 美元小费。

大家登上锡安山,瞻仰大卫王墓,又进入马可楼,在一处 20 多平方米的幽暗房间里,身临其境地体会《最后的晚餐》(达·芬奇的这幅名画现藏于米兰圣玛利亚德尔格契修道院)。

耶稣受难曾走过狭长的石板"苦路",他被戴上荆冠,背负沉重的十字架,步步艰辛,屡屡跌倒。旅游团里有一位女教徒,也想付钱租 1 个十字架,背了它重走"苦路"。看她身体瘦弱,大家劝她免了。

圣墓大教堂是基督徒膜拜的中心。公元 325 年,君士坦丁大帝命令在耶稣受难地建立 1 座教堂,包括 3 座不同的建筑。公元 614 年,教堂被波斯人破坏,然后得以重建。1009 年再次被哈里发哈基姆摧毁,后来又部分重建。直到征服耶路撒冷的十字军于 1149 年建造了保存至今的教堂。以色列、梵蒂冈的极限明信片(图 5.12—5.13),以及以色列小型张(与梵蒂冈联合发行)(图 5.14),都展示了这座古老教堂的外景。我们进入教堂,看到摩肩接踵的西方朝圣者,虔诚地来到耶稣墓前,长时间跪拜在地,默默祷告。

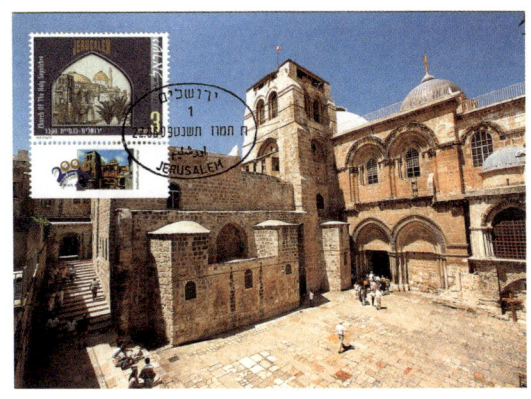

图 5.12　圣墓大教堂(以色列极限明信片)

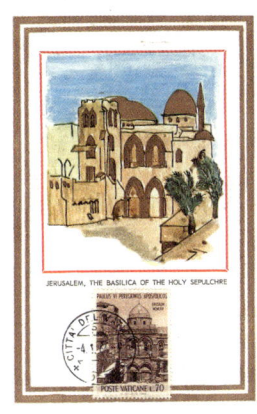

图 5.13　圣墓大教堂(梵蒂冈极限明信片)

图 5.14　圣墓大教堂(以色列小型张)

图 5.15　哭墙前的祈祷

西墙(哭墙)前整天汇聚着众多的犹太教徒。墙前的广场,已由以色列政府整修扩大。我最近觅获的 1907 年实寄明信片(奥地利在巴勒斯坦客邮寄德国),画面是哭墙前的祈祷(图 5.15),墙上的石缝里长出一蓬蓬的野草。1968 年的以色列邮票,也表现了这堵哭墙(图 5.16)。1979 年以色列小型张首日封上的哭墙局部,比较符合如今的状况(图 5.17)。哭墙高 20 米,长 50 米,用屏风隔开男女,分别祈祷。我看到许多男子身穿黑色长大衣、白衬衫,戴黑色礼帽,与 1920 年明信片上的打扮(图 5.18)一模一样。还有不少人穿白色斗篷,戴小圆帽。有的人将经盒缠绕在手臂上,身体不停地前后摇晃,背诵经文。还有几名戴贝雷帽的军人,肩并肩扑在石墙上祈祷。修葺过的石墙,已很少见窟窿或野草,而墙缝里塞满了信徒与上帝对话的纸条(图 5.19,图 5.20,以色列邮票)。

图 5.16 哭墙

图 5.17 哭墙小型张首日封

图 5.18 1920 年明信片

图 5.19 耶路撒冷邮展首日封

图 5.20 现代绘画《西墙》

犹太民族经历了两千多年的厄运,被驱逐、离散到世界各地,仅在第二次世界大战期间,就有 600 万犹太人遭纳粹杀害。西墙称为"哭墙",表达了犹太民族悲痛欲绝、争取生存的强烈愿望(图 5.21,1995 年以色列小型张)。

图 5.21　集中营解放 50 周年

图 5.22　耶路撒冷的清真寺

耶路撒冷老城里有 2 座最著名的清真寺:银顶的阿克萨清真寺和金顶的岩石圆顶清真寺。阿克萨清真寺位于圣殿山南部,公元 709 至 715 年间建造。岩石圆顶清真寺建于公元 687—691 年,寺内有一块长 17.7 米、宽 13.5 米的淡蓝色巨石,凸出地面 1.2 米,相传就是从这里,穆罕默德与天使加百利,深夜一起登天,到天堂见到了真主安拉。岩石上有一处凹坑,就是穆罕默德留下的马蹄印。1994 年,约旦国王出资 650 万美元,为圆顶覆盖上 24 公斤的纯金箔。从此,在耶路撒冷的任何地方,人们一眼就会看到金光闪闪的圆顶,岩石圆顶清真寺已成为耶路撒冷最抢眼的地标性建筑(图 5.22,1936 年英国托管巴勒斯坦期间寄德国明信片。图 5.23,明信片上的岩石圆顶清真寺)。

图 5.23　岩石圆顶清真寺

伯利恒　伯利恒是耶稣的诞生地,是巴勒斯坦的城市。每年来到以色列的几百万朝圣者与游客,人人都要拜访伯利恒。伯利恒有一个洞穴,传说圣母玛利亚就是在这个洞穴的马槽里生下了圣婴(图 5.24,英属维尔京群岛小型张,鲁本斯绘画)。以后,这里盖起了教堂。每天,川流不息的人来到教堂的地下洞穴,低头下跪去探望圣诞之星(图 5.25,1964 年约旦控制东耶路撒冷期间,寄美国明信片,下方所贴约旦邮票的图案为耶路撒冷岩石圆顶清真寺)。

图 5.24　《圣婴降世》(鲁本斯)

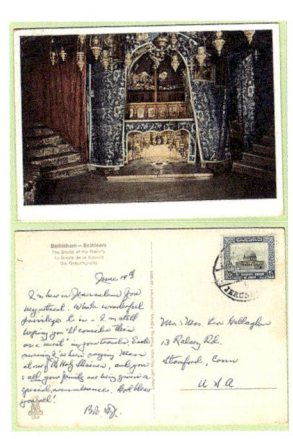

图 5.25　伯利恒圣诞教堂

伯利恒的居民主要是阿拉伯人。但伯利恒的城市出入口,都被以色列士兵日夜把守。我们旅游大巴的司机是阿拉伯人,他愤愤不平地说:"巴勒斯坦就像是笼中鸟,什么时候才能自由地飞出去呢?"

集邮眼 用"集邮眼"观察以色列邮票:

一是设计高明。试举一例:2010 年纪念赫茨尔诞生 150 周年小全张(图 5.26)。西奥多·赫茨尔是犹太复国主义的创始人。他原先是维也纳的文学批评家,又是一名律师。1881 年俄国发生对犹太人的大屠杀,令他深受刺激。1895 年他参与报道法国的德雷福斯事件,目睹一个无辜的犹太军官被判为德国间谍,并亲耳听到有人尖叫:"处死这个犹太人!"赫茨尔得出结论:没有自己的家园,犹太人永远也不会安全。1896 年,他以《犹太国》一书发出号召:"巴勒斯坦是我们永远难忘的历史性家园。"

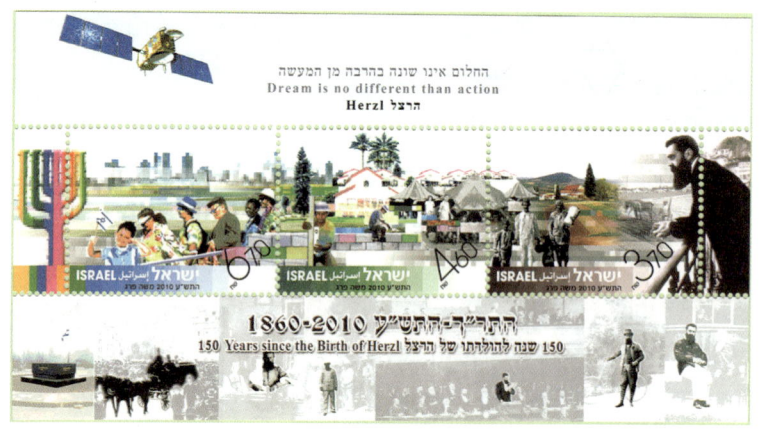

图 5.26 赫茨尔诞生 150 周年

小全张描绘赫茨尔俯身在阳台铁栏杆上(从边框外探头进入邮票),满含关爱地注视着他理想中的犹太民族的生活(享受平等权利、建设自主家园、男女老少合家出游……)小型张的另一端画了犹太教的圣器七枝烛台。一套 3 枚邮票,通俗易懂,意境深远。

二是选材巧妙。犹太文明古国,与中国一样,有着取之不竭的历史素材;现

图5.27 世界最高点和最低点

实生活风云诡谲,又不断萌发新的题材;现代化快速发展,更提供了邮品创新的动力。试举一例:2012年与尼泊尔联合发行表现世界最高点与最低点的邮票(图5.27),票上标明,尼泊尔一侧的珠穆朗玛峰海拔8848米,而以色列濒临的死海,海拔-422米,乃地球最低点。这样的高低"联合",取材相当巧妙。我想,中国还有机会发行邮票,譬如与死海另一边的约旦,也可以联合发行最高点(珠峰)与最低点(死海)的特种邮票。

三是"以邮扬邮"。配合集邮展览及提倡集邮活动的邮票特别多,还经常利用幽默漫画推广集邮。电子邮票也制作得十分漂亮。我最近偶然得到1956年以色列寄美国的1个挂号实寄封,贴以色列建国8周年纪念邮票,邮票上的8字飘带,卷着1枚7枝烛台的"票中票",封上加贴1张未发行的彩色小型张,盖了集邮纪念大图章。以色列雅法市的销票戳与美国密歇根州的落地戳,都很清晰。这枚实寄封从一个侧面,反映出以色列集邮活动的活跃与普及(图5.28)。

图5.28 加贴未发行小型张的实寄封

6　回味斯里兰卡

狮子岩　妻子在山下漫游,"派"我随年轻人登山。也好,老夫一试脚力,矫健不减当年。

狮子岩拔地而起 200 多米,突兀眼前,虽有铁梯盘山而上,仰角却达 80 度。人人气喘吁吁,汗流浃背。1938 年的锡兰(1972 年改国名为斯里兰卡)邮票上,有狮子岩的镜头(图 6.1)。

传说孔雀王朝的卡西雅伯王子,弑父篡位后,于公元 447—495 年,在狮子岩顶建造了宫殿与花园。他选择如此险峻的地形,是因为害怕同父异母的弟弟莫加兰起兵复仇。但是,恶有恶报,登基 18 年后,卡西雅伯下山战败,被追杀于泥淖之中。

图 6.1　狮子岩

卡西雅伯弑父当年，心怀恐惧，为了抚慰亡灵，命人在狮子岩山腰凹部的岩壁上绘制了 500 多幅彩色的人像，都以父王的妃嫔为模特。她们上身裸露，下身云遮雾罩，头戴宝石冠，颈佩玉链，臂饰珠钏，衣裳薄如蝉翼，个个肤色靓丽，妖娆无比。1894 年，狮子岩胜景被英国探险家发现。至今，岩壁画仅存 21 幅。

我们来自世界各地的游客，川流不息地经过山腰凹壁处，无不惊叹这 1500 年前的画作之美。红、黄、绿、黑等色，不知用的什么颜料，鲜艳如故，人物造型栩栩如生！我有一张 1974 年从斯里兰卡寄往美国的明信片，照片上部是狮子岩，下部就是山腰的壁画(图 6.2)。在锡兰邮票上(图 6.3，右为 1973 年斯里兰卡小全张)，古巴邮票上(图 6.4)，都有岩壁画的图案。

图 6.2　1974 年实寄明信片

图 6.3　妃嫔壁画(1)

图 6.4　妃嫔壁画(2)

古时狮子岩顶，宫殿巍峨，装饰奢华，蓄水池积蓄的雨水，可供一年之用，四处喷泉不断，万花争奇斗艳。我们爬到山顶，却什么也见不着了，落花流水春去也,只留得低低的断残墙根,一片荒芜。站在山顶极目远望,倒是壮阔无垠。

有一对年轻的白人情侣,兴奋地邀我一起拍照。胖姑娘高高举起 1 只毛绒玩具,我当时没看清是什么动物。回家后再看照片,原来是一只小猩猩。猴年来临了,恰好留下了好玩的纪念(图 6.5)。

图 6.5　猴年快乐!

据说狮子岩的石壁上还刻有诗歌 685 首,导游未曾介绍,我们错过了。

2007 年,斯里兰卡发行了斯中建交 50 周年纪念邮票,图案为狮子岩与长城(图 6.6)。横长形的邮票,将两处闻名世界的文化遗产连接起来,恰当地表现了

图 6.6　斯中建交 50 周年

友谊永存的主题。邮票图案中的长城,敌楼上有小房子(楼橹)。这种楼橹,仅存于北京密云等极少数的长城遗址中,在一般的长城照片里很少见。

人与象　这里有一张1913年4月5日从锡兰寄往法国的明信片,图案为2名手持弓箭的土人(图6.7);另一张老明信片,展示了这种弓箭的发射方法(图6.8)。这样的土人,在一百多年后的今天,旅游者是遇不到了。斯里兰卡人现在都穿T恤衫或色彩鲜艳的裙衫。而大象在斯里兰卡似乎与百年以前没有变化。大象温顺地供人役使,人们又耐心地伺候大象洗澡。我过去只知道非洲象与亚洲象的外形区别:非洲象的耳朵要大得多,几乎比亚洲象大出一倍。而亚洲象总给我"小"的感觉,在泰国骑过的亚洲象,只略微高过我的头。这次在斯里兰卡的大象孤儿院,可开眼界了:小街上走过来刚洗完澡的一队大象,领头的公象像一座大山,铺天盖地缓缓压过来,长长的象牙十分吓人,长鼻子骄傲地卷向蓝天,骑在象脖子上的饲养员,小小的个子,就像从二楼窗口俯瞰着街边的行人。公象有那么大的气势啊,我这才懂得,对亚洲象也不可小觑。

图6.7　锡兰土著　　　　　　　　图6.8　土人发射弓箭

1905年实寄明信片上的骑大象图(图6.9),还有大象浴后图(图6.10),情景恍若隔日。天还是那样的天,水还是那样的水,林木依然繁茂,人与象和睦相处。在斯里兰卡,你能感悟到,地球不仅仅属于人类,它也属于大象与其他生物。

图 6.9　骑象图

图 6.10　大象浴后图

人类只有善待自然环境,维护万物滋长,人类自己也才能生生不息。

茶叶、橡胶　旅游者来到斯里兰卡,无人不买茶叶。包装有布袋的、纸盒的、铁罐的,大大小小,质优价廉。写此文时,我桌上就有一杯飘香的红茶。

世界最大的茶叶品牌"立顿",缘起于锡兰。1890 年,苏格兰人汤姆斯·立顿到锡兰旅游,萌生了把红茶大规模引入英国的想法,他设计了一条广告词:"从茶园直接进入茶壶的好茶!"很快,锡兰红茶声名鹊起,两年后公司扩张到美国、印度。1898 年英女王授予汤姆斯·立顿爵位。1992 年,立顿公司进入中国,袋泡茶风靡一时。2012年,"立顿"茶包一度被卷入"农药门"事件。

一张老明信片很有意思,拍摄的是早年锡兰首都科伦坡运输"立顿"红茶的景象(图6.11)。一长溜木轱辘的牛车,车棚是树条编的,格式统一的大字,标明"LIPTON"(立顿)和编号,近处的一辆为80号车。可见,立顿公司的经营规模很大,管理井井有条,怪不得公司会迅速发达。

图6.11　运输立顿茶叶

这里还有1个1957年从斯里兰卡寄美国的广告实寄封,贴锡兰邮票,广告图案为"锡兰茶叶",还画了运茶的大轮船(图6.12)。这是专题集邮者用得上的邮品。

图6.12　锡兰红茶广告实寄封

事实上,锡兰红茶的创始人并非汤姆斯·立顿。早在1867年,苏格兰人詹姆斯·泰勒从中国南方买到1棵古茶树,引种到锡兰北部,逐渐扩展成茶园,并建起了茶叶加工厂。他将茶叶出口英国,先后在伦敦拍卖会和芝加哥世博会上取得成功。立顿第一次去锡兰,就是在泰勒的工厂里买到了茶叶。

所以,斯里兰卡认定1867年是锡兰茶叶的诞生年,1967年发行了斯里兰卡茶叶种植100周年纪念邮票,2017年又发行邮票,纪念茶叶种植150周年(图6.13)。在斯里兰卡茶叶的包装盒上,常常印有"茶叶之父"詹姆斯·泰勒的肖像。

图6.13　茶叶种植150周年

斯里兰卡还盛产橡胶。2002年,发行了"斯中胶米协定50周年"纪念邮票,图案为割胶的斯里兰卡妇女与割稻的中国农妇(图6.14)。历史回溯到1952年,遭受帝国主义禁运与封锁的新中国,急需紧缺的战略物资橡胶;而斯里兰卡因国际市场波动,橡胶大幅跌价而大米涨价。虽然两国尚未建交,但双方政府决定互换物资,用中国大米交换斯里兰卡橡胶。谈判过程中,斯里兰卡工贸部长森

图6.14　斯中胶米协定50周年

那纳亚克在酒店里遗失了一根手杖。周恩来总理听说后,派人送给他一根紫檀木的新手杖,上面刻有 100 个不同字体的中文"寿"字。森那纳亚克先生一直把这根手杖挂在家中的墙上,以缅怀源远流长的斯中情谊。

斯中胶米协定的历史缩影,永远留存于斯里兰卡邮票上,值得我们珍藏与欣赏。

泪珠与微笑 从地图上看,倒三角形的印度,下垂的尖角,往南滴出一个小岛,它就是斯里兰卡,被喻为"印度洋上的泪珠"。旅游手册介绍,这是一个"微笑的国度"。确实如此,不仅女人微笑,任何一个男人与你对眼,也总是露出微笑。由于僧伽罗人皮肤黝黑,牙齿显得格外的白。男人随时咧嘴微笑,偶尔也会吓你一跳。我在当地买的冰箱贴,就是"微笑国度"的形象(图 6.15·上)。2010 年在上海世博会斯里兰卡馆,我又买过 1 个木雕小面具(图 6.15,下),名为《美丽》——这就是僧伽罗人传统意识中的美。这次旅游,有机会参观了大型木雕厂,那里摆满了各种各样的"美丽"雕像。

图 6.15　微笑与美丽

我想,斯里兰卡人的微笑,很大程度来自佛教的熏陶。位于康提湖畔的佛牙寺,建筑恢宏,信众络绎不绝。他们不烧香,而是向佛祖供奉一朵朵硕大的白莲花。

我们还参观了石窟大卧佛,看到有眼镜蛇护卫的坐佛塑像,不禁联想起埃及法老的眼镜蛇王冠。

印度洋浪涛汹涌,漫步平坦细软的沙滩,我们流连忘返。一位酒店的老保安,头戴贝雷帽,穿着很神气的戴肩章的制服。他为我们照相(图 6.16),跟我们亲切地聊家常。他每天下班后回城里居住,女儿在城里工作。这几年,日本游客来得少了,中国客人越来越多。他问,你们从上海飞过来,远吗?你们的孩子为什么不来……

图 6.16　印度洋边

　　耳边哗哗的海浪声令我分心,我眼前忽然浮现 1913 年明信片上手持弓箭的土人。时光流逝,一代又一代,时代不同了,旧貌已换新颜。

7　波罗的海三国纪行

立陶宛有一枚邮票《拯救波罗的海》（图7.1）：一双赤脚站在沙滩上，脚旁有一根残存的鱼骨。意为人类破坏了大自然的生态环境。

图 7.1　拯救波罗的海

2016年暮春，我们夫妇来到波罗的海岸边，海水尚凉，不能游泳，我们赤脚蹚水，留下了难忘的印象。

波罗的海三国指的是立陶宛、拉脱维亚、爱沙尼亚。三国面积总计17.4万平方公里，不及中国广东省大（18万平方公里）；人口总计798万，不到广东省人口（1.1亿）的十三分之一。

三个国家都是三色国旗：立陶宛——黄、绿、红；拉脱维亚——红、白、红；爱沙尼亚——蓝、黑、白。

立陶宛的首都是维尔纽斯，拉脱维亚的首都是里加，爱沙尼亚的首都是塔林。

立陶宛人多数信奉罗马天主教、东正教，官方语言为立陶宛语。拉脱维亚人多数信奉基督教路德教派、罗马天主教，官方语言为拉脱维亚语，95%以上的人懂俄语。爱沙尼亚人多数信奉基督教路德教派，官方语言为爱沙尼亚语。

这是三个视独立高于生命的国家，而历史的缘由，又将"波罗的海三国"联在一起。旅行社常常组织"波罗的海三国游"，我们参加的正是这样的旅游团。

脚印与人链　在维尔纽斯和里加的广场地面上，我都拍摄到一对铜浮雕的脚印（图7.2）；听说塔林广场上也有一对。这是纪念1989年8月23日的"波罗的海之路"事件。

图7.2　铜脚印

事情要追溯到1939年8月23日，苏联和纳粹德国签订了《苏德互不侵犯条约》，附加秘密协定书，擅自瓜分主权国家的利益范围。根据协定，苏联很快用武力侵占了波罗的海三国。1980年代，戈尔巴乔夫掌权的苏联，公开承认了与希特勒的秘密交易。从1986年起，每逢8月23日，世界许多城市就掀起抗议苏联的"黑丝带行动"。1989年8月23日，正逢《苏德互不侵犯条约》签订50周年，波罗的海三国的和平示威达到最高潮，三国共有200万人，手拉手形成600公里的人链，从维尔纽斯开始，沿A2高速公路，经过乌克梅尔盖和帕内韦日斯，再沿着E67公路，经过切哈努夫、包斯卡、里加、爱那兹、帕尔努，最后到达塔林。当地时间下午7时，示威者和平地手牵手15分钟。空中拍摄显示，这条抗议的人链,经过农村地区也几乎没有断开。这是人类历史上最长的人链,2009年被联合国教科文组织列入世界记忆名录。(图7.3,1999年爱沙尼亚小全张。图7.4,2014年拉脱维亚小全张)

图7.3 "波罗的海之路"10周年(爱沙尼亚)

图7.4 "波罗的海之路"25周年(拉脱维亚)

在"波罗的海之路"形成的当天,维尔纽斯5000人在大教堂广场(图7.5,1990年苏联邮票)集会和示威,人们手持蜡烛,高唱爱国歌曲。在爱沙尼亚和拉脱维亚的边境,人们举办了象征性的葬礼,悼念三国被侵占时期受迫害致死的先辈。

  "波罗的海之路"发生 6 个月后，1990 年 3 月，立陶宛宣布独立；同年 8 月，爱沙尼亚、拉脱维亚相继宣布独立。三个国家的独立，乃成为苏联解体的序幕。（图 7.6，2001 年爱沙尼亚极限明信片，国鸟家燕迎接春天。图 7.7，2015 年拉脱维亚邮票。图 7.8，2015 年立陶宛邮票）

图 7.5　维尔纽斯大教堂广场

图 7.6　独立 10 周年（爱沙尼亚）

图 7.7　独立 25 周年（拉脱维亚）

图 7.8　独立 25 周年（立陶宛）

  1991 年 9 月 11 日，我国与爱沙尼亚建交。9 月 12 日，我国与拉脱维亚建交。9 月 14 日，我国与立陶宛建交。

塔林 我们旅游的行程由北往南,第一站是爱沙尼亚首都塔林。过去,我有点受中文翻译的误导,老以为"塔林,塔林,尖塔成林"。其实,该城尖塔虽多,但比不上布拉格多。

爱沙尼亚和波罗的海其他国家的老建筑,多的是红色坡顶,以及谷仓式的红色圆锥顶。从高处俯瞰,起伏有姿的红色老城,非常漂亮,时有教堂的尖顶冒出,在蓝天衬托下仿佛有一种流转的音乐节奏。

我们的导游刘炜先生,吉他弹得很好。他曾是爱沙尼亚音乐戏剧学院的学生,现在在爱沙尼亚音乐学校做老师,他首先带我们去参观了塔林露天歌咏剧场。剧场舞台有巨大的拱形遮篷,碧绿的草地可容纳10万观众。斜坡上有一尊席地而坐的铜像,好像在聆听音乐,又像在赞赏那听音乐的10万观众(图7.9,曹雷摄)。小刘告诉我们,铜像是爱沙尼亚合唱指挥、作曲家古斯塔夫·恩内萨克(1908—1993年),他曾组建爱沙尼亚国家男声合唱团,对塔林音乐节做出了重大贡献。

图7.9 古斯塔夫·恩内萨克铜像

巧得很,我最近购进的一枚极限明信片,就是露天歌咏剧场举行塔林音乐节的场景(图7.10),邮票是苏联1965年发行的,极限明信片的邮戳是1978年的。在参观现场,我摄下了最新的演出海报(图7.11)。

图 7.10　塔林音乐节

图 7.11　音乐会盛况（海报）

　　波罗的海如同音乐的海洋。群众性的歌咏浪潮，一浪高过一浪。专业的演出水平也居世界前列。2016 年 11 月，爱沙尼亚爱乐合唱团和塔林室内乐团，曾到北京、武汉、长沙、上海演出。

　　邮品帮助我跨越时空，对比旅游中看到的景点。1931 年从塔林寄往丹麦的 1 张明信片，黑白照片中可见东正教堂的洋葱头顶，这是建于 18 世纪的亚历山大·涅夫斯基大教堂（图 7.12）。1958 年用苏联邮票制作的极限明信片，突出了基督教堂哥特式尖顶与老城建筑的圆锥形红顶(图 7.13)。1995 年用爱沙尼亚邮票制作的极限明信片,展现了建于 1870 年的加利教堂(图 7.14)。

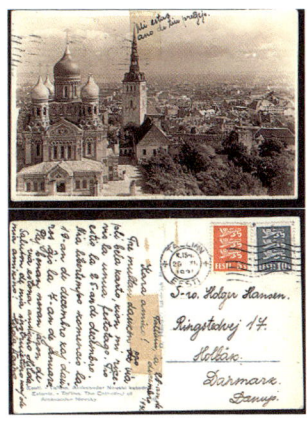  

图 7.12　亚历山大·涅夫斯基大教堂　　　图 7.13　塔林老城　　　图 7.14　加利教堂

在塔林,随处可见历史与文化的结晶。如老城广场的市政厅(图 7.15,2004 年爱沙尼亚邮票),色彩瑰丽的爱沙尼亚艺术博物馆(图 7.16,1994 年爱沙尼亚邮票),端庄典雅的国家歌剧院(图 7.17,2013 年爱沙尼亚邮票),塔林还举办了第 20 届国际管风琴节(图 7.18,2006 年爱沙尼亚邮票)。

图 7.15　市政厅 600 周年　　　图 7.16　艺术博物馆

图 7.17 国家歌剧院 100 周年

图 7.18 第 20 届国际管风琴节

图 7.19 北京奥运会

图 7.20 上海世博会爱沙尼亚馆

2008年，爱沙尼亚发行纪念北京奥运会的首日封，用彩笔渲染"更快、更高、更强"的奥运精神（图7.19）；2010年，上海世博会爱沙尼亚馆又以彩色外墙引人注目（图7.20）；在北京落成的爱沙尼亚大使馆，已被爱沙尼亚列为近百年来本国最成功的四大建筑之一，印入2014

年发行的小本票(图 7.21,小本票封面,4 方连邮票图案的左下 1 枚——爱沙尼亚驻华大使馆)。

图 7.21　爱沙尼亚建筑

近几年,爱沙尼亚也开始针对中国爱好者发行生肖邮票(图 7.22)。

图 7.22　猴年

汽车从塔林南行,沿波罗的海,风景如画。

三国联合发行过图案相同的小全张《波罗的海沿岸风光》(图 7.23,立陶宛小全张),3 枚邮票从左到右为:立陶宛的帕坎加疗养胜地,拉脱维亚的拉赫玛国家公园,爱沙尼亚的维德泽梅海岸。

图 7.23 波罗的海沿岸风光

图 7.24 波罗的海三国观光

三国还联合发行了观光小全张（图 7.24，1995 年立陶宛小全张），底图为三国地图，高速公路南北贯通；3 枚邮票由上到下是：爱沙尼亚的帕尔努酒店，拉脱维亚的包斯卡城堡，立陶宛的考纳斯涅曼河畔、市政厅、教堂。

帕尔努 帕尔努的"白沙滩"非常有名，就是在白沙滩，我的赤脚有幸与波罗的海"亲密接触"。

2001 年的爱沙尼亚邮票提醒我们：帕尔努建城已 750 年（图 7.25）。20 世纪初，这里的泥浴磁疗中心曾名闻遐迩（图 7.26，爱沙尼亚邮资明信片）。

小镇洁净宁静，游客稀少。海风从小街上"穿堂而过"，分外凉爽。男士们到店铺里买太阳眼镜，妻子看中门口摊放的一堆小袜子，为朋友的新生儿细心挑选……

我们午餐在"老驿站饭店"。门头悬挂铸铁的店招，粗陋的门窗上都绘有邮车，大院从前是停车喂马的。端菜的小伙子，穿着绿绸的俄式衬衫。厕所的门上，一间画1只公鸡，另一间画1只母鸡……

图7.25 帕尔努建城750周年

图7.26 1927年帕尔努泥浴磁疗中心

"邮迷"进了老驿站，果然胃口大开。

里加 拉脱维亚首都里加，是波罗的海三国中最大的城市，也是我们这趟旅游的主要目的地。妻子曹雷曾与娄际成合演话剧《老式喜剧》。这部苏联剧作家阿尔布卓夫的作品，演出2小时，只有丽吉亚和罗吉昂两个角色。1997年，他们在上海连演44场；2003年又重演9场。有一场戏的情景，就发生在里加的多姆大教堂：丽吉亚被教堂内的管风琴演奏感动得落泪，悄悄地跑到广场上，罗吉昂发现后，紧跟出来……多少年来，曹雷一心想要去里加，看一看她（丽吉亚）待过的教堂。

这一天终于来到了，多姆大教堂的建筑，就像拉脱维亚极限明信片上一样光彩夺目(图7.27)。旅游团行色匆匆，在有限的路过几分钟里，我们只来得及把镜头对准它咔嚓几下(图7.28，曹雷摄)。

我们来到了里加的老城广场。好幸运哪！正逢当地举办"老城节"。男男女女穿着中世纪威尼斯风格的服装，戴着假面，五彩缤纷，扭扭捏捏，一个个登台亮相，由前座一排评委认真地打分。广场上遍布小摊，出售小吃、饮料，家庭农庄的蔬果、蜂蜜、奶酪，手工制作的陶瓷、木雕小玩意，还有绘画、蕾丝、编织品……人来人往,熙熙攘攘。一边的高台上有古装骑士表演击剑。而"老城节"最主要的广场背景,是装饰奢华的"黑头宫",它是有2个尖顶门墙的连体建筑(图7.29,2007年德国邮票,与拉脱维亚联合发行)。

图7.27 里加多姆大教堂

图7.28 多姆大教堂

图7.29 里加黑头宫

"黑头"是指3世纪罗马帝国底比斯军团的军团长莫里斯。该军团原来驻扎在埃及南部,成员大多是努比亚黑人。罗马皇帝马克西米利安调派该军团开赴瑞士,要他们参与屠杀基督徒,遭到军团拒绝。公元287年,皇帝命令处死该军团在瑞士的全部6600名官兵。以后,莫里斯被基督教尊为殉教的圣人。

里加在中世纪是汉萨同盟城市。在波罗的海经商的德意志商人,成立了半军事性的"黑头协会",入会者必须年轻而未婚,尊奉圣莫里斯为保护神。黑头宫建于1334年,"二战"期间建筑受损,1948年被彻底推倒。2001年,为纪念里加建城800周年,依据历史图片,黑头宫得以重建。

1667年圣诞节,黑头协会成员弄来一棵树,在老城广场上点火燃烧。据说,"圣诞树"的习俗就是由此开始的。拉脱维亚邮票屡屡展示寒风中吟唱的圣诞树,以此表达人们的宗教信仰(图7.30)。

图7.30　圣诞树

2000年拉脱维亚发行跨世纪纪念邮票,展示了里加的代表性镜头:右面一枚是黑头宫,左面一枚是高捧3星的自由女神像(图7.31)。位于里加市中心的自由纪念碑,曾经屡次登上邮票(图7.32,1991年拉脱维亚邮票。图7.33,2004年拉脱维亚邮票)。女神高举的3颗星,代表拉脱维亚3个历史与文化区:维德泽姆、拉特加列、库尔泽姆。也有人解释道:代表独立、自由、民主。

图 7.31　迎接新世纪

图 7.32　自由纪念碑

图 7.33　克林顿访问里加

里加市的主要景点("三兄弟屋"、火药塔、阿尔伯特新艺术街、犹太;教会堂(图7.34)等)还有圣彼得大教堂,其尖顶高达124米,1209年的古文献就提到它,以后遭火灾焚毁,又多次重建(图7.35,2014年拉脱维亚邮票,河畔雪景,多姆大教堂和圣彼得大教堂。图7.36,苏联极限明信片),都是值得浏览的地方。

图 7.34 犹太教会堂

图 7.35 圣诞节

图 7.36 里加圣彼得大教堂

有一座大楼屋顶,塑有 2 只黑猫,其故事十分有趣:原来,有一位富商加入不了商会,他赌气在商会大楼对面建起一座大楼,楼顶故意塑造 2 只黑猫,轻蔑地把尾巴指向对面的商会。后来,商会妥协了,吸收他加入,他就把楼顶 2 只黑猫转个向,改为将脑袋面朝商会大楼。

故事反映出古代波罗的海商业竞争很热闹。2 只黑猫世代相传成为"里加掌故"。觉得好玩,我买了 1 幅楼顶黑猫的小画。

里加市被列为世界文化遗产,知名度很高,在许多国家的邮票上都有所反映。法国的一种小全张,专门描绘里加,底图有高捧3星的自由女神像,邮票里有里加东正教堂、圣彼得大教堂、黑头宫、国家大剧院(图 7.37)。1995 年拉脱维亚发行里加建城 800 周年纪念邮票(第一组),4 枚的图案分别为:国家歌剧院、国家大剧院、拉脱维亚艺术学院、拉脱维亚艺术博物馆(图 7.38—7.41)。

图 7.37　里加著名建筑

图 7.38　国家歌剧院

图 7.39　国家大剧院

图 7.40　拉脱维亚艺术学院

图 7.41　拉脱维亚艺术博物馆

关于中国与拉脱维亚友好交往的题材,我想介绍两种邮品:一是 2008 年拉脱维亚纪念北京奥运会的首日封(图 7.42),邮票主图是篮球运动,首日封图案交织着击剑、自行车等多项竞赛。中文"京"字的会徽,使我们感到特别亲切。二是 2010 年拉脱维亚纪念上海世博会的邮票(图 7.43),以红、白、红的国旗为背景,1 名运动员正在风筒里腾飞。我曾在世博会上亲眼看过这项运动的表演,它体现了人类自由翱翔、奋发向上的精神。

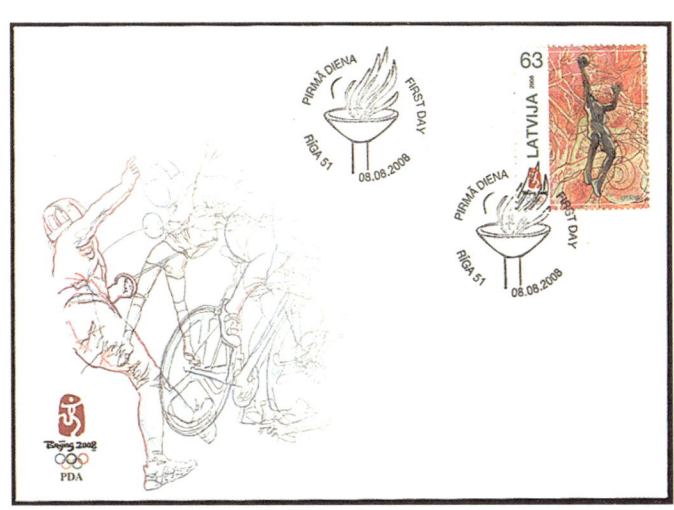

图 7.42　北京奥运会

图 7.43　上海世博会

告别了里加，汽车继续往南，进入立陶宛在波罗的海唯一的港口城市——克莱佩达（图 7.44，2012 年立陶宛邮票）。我们在河边徜徉，欣赏躺在桥堍的美人鱼铜雕，只见当地人坐着脚踩的游船，在河里悠闲地穿梭……

考纳斯 继续行车来到了考纳斯市（图 7.45，2011 年立陶宛小全张）。我们参观了考纳斯大教堂（图 7.46，2013 年立陶宛邮票），教堂内的雕塑极其精美。

图 7.44 克莱佩达港 760 周年

图 7.45 考纳斯建城 650 周年　　图 7.46 考纳斯大教堂 600 周年

立陶宛邮票还反映过更多的考纳斯宗教建筑，在 1993 年的 1 枚首日封上，可看到：左边邮票为 16 世纪的泽比西基斯教堂，右边邮票为 1934 年兴建的基督复活教堂（图 7.47，拉脱维亚首日封，盖首都维尔纽斯纪念邮戳，居中的邮票为维尔纽斯的圣彼得与圣保罗大教堂）。

游览考纳斯时，我们在维陶塔斯大帝军事博物馆的广场上，看到了高耸的独立纪念碑，长有双翅的铜雕女神，左手持砸断的锁链，右手高擎解放的旗帜（图 7.48，立陶宛极限明信片）。

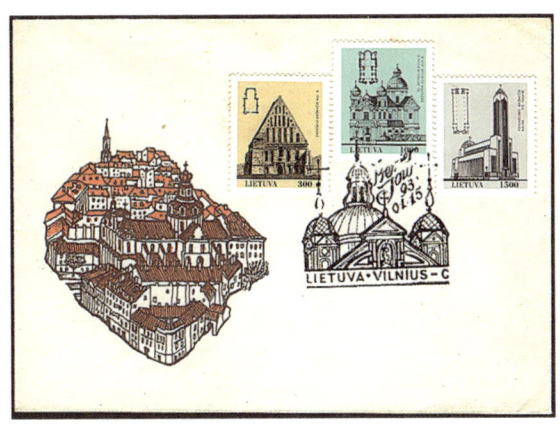

图 7.47　教堂建筑

图 7.48　独立纪念碑

图 7.49　盖迪米纳斯大公
逝世 650 周年

维尔纽斯　终于来到了立陶宛首都维尔纽斯。据传说，13 世纪立陶宛大公盖迪米纳斯来到此地，当晚做了一个与狼共舞的梦。第二天，祥梦者说这是振兴之兆，于是大公决定，建都于维尔纽斯。更有一说，大公梦见了一千匹狼，这意味着立陶宛将大大地繁荣起来（图 7.49，立陶宛邮票）。

图 7.50　维尔纽斯——
欧洲文化之都

维尔纽斯大教堂是立陶宛的主教堂,十分壮观;外面的白色钟塔,高 57 米,底层圆形,2—4 层八角形,线条自然上收,古朴而端庄,它已成为市中心的地标。"波罗的海之路"就是从这里的广场起步的。

大教堂前的盖迪米纳斯大公铜雕,造型很不一般,不像通常那种昂首骑马的雕像,而是大公下了马,站在马的一边,手持利剑,身体前倾,似乎正在指挥战斗(图 7.50,2009 年立陶宛邮票)。

就像波罗的海其他国家一样,群众性的歌咏活动,在立陶宛独立过程中发挥了巨大的作用,这在邮票上也得到了充分地反映(图 7.51,立陶宛小型张。图 7.52,立陶宛邮票)。

图 7.51　立陶宛国歌 100 年

图 7.52　民歌节

维尔纽斯的圣安娜大教堂,高 22 米、宽 10 米,是 15 世纪的哥特式建筑。它全部用红砖砌成,仅外墙就用了 33 种不同形状的砖。尖顶、角塔和凹凸的外墙,搭配和谐,玲珑剔透。拿破仑东征时路过此地,深受吸引,表示恨不能将它"放在手掌上带回巴黎"(图 7.53,1921 年立陶宛邮票。图 7.54,圣安娜大教堂极限明信片)。

图 7.53　圣安娜大教堂(1)　　　　图 7.54　圣安娜大教堂(2)

17世纪建造的圣彼得与圣保罗大教堂,如同一座非凡的雕塑博物馆,内部装饰有2000多具圣家族、圣徒与天使的雕像,令人眼花缭乱。

维尔纽斯历史中心的建筑外立面,分外华丽(图7.55,立陶宛邮票)。2004年兴建的148米高的欧罗巴塔,成为波罗的海三国中最高的当代建筑(图7.56,立陶宛邮票,远景中最高的为欧罗巴塔)。人们说,千百年来,似乎有"上帝之手"描绘出维尔纽斯美丽的城市天际线和美轮美奂的宗教建筑(图7.57,立陶宛邮票)。

图 7.55　维尔纽斯历史中心　　　　图 7.56　欧罗巴塔与市容

图 7.57 维尔纽斯的教堂

盖迪米纳斯大公还留下了魅力无穷的特拉凯水上城堡,红顶红墙的建筑,由绿林、涟漪衬托,在夕阳余晖下分外娇艳。大公逝世 650 周年的时候,特拉凯城堡登上了极限明信片(图 7.58)。

图 7.58 特拉凯水上城堡

大公梦见狼群的地方在哪里呢？1968年的苏联邮票，纪念"立陶宛建立苏维埃政权50周年"，画出了维尔纽斯的上城堡，太阳普照，红旗飘飘(图7.59)。如今，斗转星移，政权更迭，古堡上飘扬的是黄、绿、红的立陶宛国旗。2003年立陶宛邮票描绘了盖迪米纳斯大公的宫殿，图案右上角有当年山顶的上城堡(图7.60)。

图7.59　上城堡　　　　　图7.60　盖迪米纳斯大公宫殿

2016年5月24日午前，我有幸独自攀登上城堡！一步步来到山顶，参观了红色的古堡，俯瞰了维尔纽斯全城的美景。最令我高兴、使我终生难忘的，是与一群立陶宛小学生在古堡前合影(图7.61)。孩子们是那样的健康、活泼、热情、友善，我——远道而来的一个中国人，站在小学生中间，毫无隔阂，迅速融为一片。我仿佛感到理想世界正提前到来。谢谢孩子们(以及拍照的女老师)带给我这样的幸福感。

回到山下，妻子也逛完了老城小街，她给我看相机里的一个滑稽镜头，是在一家小店门口拍摄的(图7.62)。我们忍不住大笑——多么幽默的民族，多么富有情趣的立陶宛人啊！

立陶宛女子善于打扮，品位不俗。这不需要实地考察，看一看立陶宛的小型张就明白了。谨举一例：《时装》(图7.63)。

图 7.61　上城堡合影

图 7.62　小店街景

图 7.63　时装

混贴封　混贴封是历史转折时期的特殊证物,太有意思了!

这里展示 1 个 1992 年从拉脱维亚寄往美国的航空实寄封(图 7.64)。原信封是苏联邮政部门发行的美术封,贴了 2 枚 1989 年的苏联绘画附捐邮票(5 +2 戈比,4 +2 戈比),又贴 2 枚拉脱维亚加盖改值邮票(原票为苏联邮票,每枚面值 2 戈比;改值为每枚 3 拉脱维亚戈比)。拉脱维亚到 1993 年实行了新币制(拉特取代卢布),而 1992 年的实寄封,还可混用苏联戈比与拉脱维亚戈比。实寄封正面有里加邮局的销印邮戳,背面则有美国邮递员的数字投递戳。邮票上的苏联绘画,一写实(军人、战舰、百姓),一现代(蜡烛、灯笼、小丑);加盖改值的邮票原图案为帆船与古堡。

图 7.64　1992 年混贴封

8　波兰掠影

肖邦的心脏　肖邦生于1810年,卒于1849年。当他1830年离开波兰去法国时,他的老师交给他一抔泥土,叮嘱他不要忘记祖国。肖邦39岁去世后,葬在巴黎拉雪兹神父公墓,他珍藏的一抔波兰泥土被撒在棺木上。肖邦临终前对姐姐说,要将他的心脏带回祖国。现在,这颗心脏封存于华沙圣十字教堂的一根柱子里。

华沙全城毁于第二次世界大战。1945—1946年发行的波兰邮票,全套6枚,并有加盖票,图案以对比的方法,反映了1939年(战前)与1945年(战争结束时)华沙的街道与建筑面貌(图8.1)。其中第6枚邮票上,就是圣十字教堂。这座教堂是17世纪建造的。"二战"中,教堂的尖塔炸没了,楼宇成了废墟。教堂的神职人员,有7名在轰炸中牺牲,其中2人用身躯护住了装有肖邦心脏的瓶子。

2016年春天,我们来到华沙,瞻仰了重建的圣十字教堂。在有肖邦浮雕像的立柱前,我们默哀致敬,冥冥中感到柱子内埋藏的肖邦心脏,还在强劲地跳动。那天正逢宗教节日,街上人影稀少。就在圣十字教堂的同一条大街上,我们看到了文化科学宫前哥白尼手持地球仪的坐像。教堂的斜对面,是诺贝尔奖两度获得者居里夫人的故居。再走一段,来到一座灰色的大楼,前面有一块空地,导游说,从前这里是停马车的驿站,

图 8.1 "二战"前后的华沙

1830 年肖邦离开华沙,就是从这里登上马车……

哥白尼、肖邦、居里夫人……同一条大街上,有如此集中的伟人足迹。波兰真是英才辈出的国家,对于人类文明的进步,贡献何等巨大!(图 8.2,中国邮票。图 8.3,蒙古邮票。图 8.4,1947 年波兰邮票黑印样)

  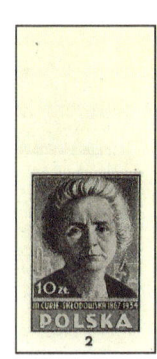

图 8.2　哥白尼(1)　　　　图 8.3　哥白尼(2)　　　　图 8.4　居里夫人

据报道,2014年4月14日午夜,波兰政府曾委派13人的小组(包括大主教、文化部长、两位科学家,以及若干名官员),秘密打开圣十字教堂里纪念肖邦的柱子。他们看到,肖邦的心脏被密封在水晶瓶的琥珀色液体中,保存完好。他们拍摄了1000张照片,重新用热蜡密封器皿,最后由大主教祈祷,将肖邦心脏放回原处。这一检查过程,保密到9月份才向媒体透露。政府还宣布,50年后再检查一次。

早在1949年,波兰曾发行《波兰名人》邮票,纪念的是音乐家肖邦,以及两位诗人——密茨凯维奇和斯沃瓦茨基(图8.5,波兰寄美国首日明信片)。

图 8.5　波兰名人

2004 年波兰举办国际音乐节时,曾发行 1 种纪念邮资明信片(图 8.6)。邮资图为肖邦像,片图为肖邦诞生的小屋(在华沙近郊的热那佐瓦沃拉)。波兰作家雅罗斯瓦夫·伊瓦什凯维奇曾写道:"世界上最杰出的钢琴家都把能在这间房子里弹奏一曲肖邦的作品,表达对这圣地的敬意而引为莫大的荣幸……肖邦之家的最大魅力,在于我们能感受到在同肖邦'促膝谈心'。"

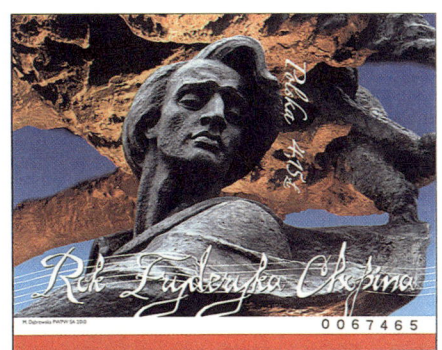

图 8.6　国际音乐节　　　　图 8.7　肖邦诞生 200 周年(波兰)

在华沙瓦津基公园的中心草坪,我们见到了高大的肖邦铜像。这尊 1926 年铸造的铜像,年青的肖邦昂起了头,神采飞扬,他弹琴的手指,化作大树、绿荫与云彩,飘向空中,浪漫的余韵无穷无尽……2010 年,全世界纪念肖邦诞生 200 周年,波兰发行了无齿孔邮票小型张,以这座雕像为主图,背衬波兰土地,象征肖邦回到了故乡(图 8.7)。

以越南邮票制作的极限明信片,也采用了瓦津基公园里的肖邦铜像,设计风格与波兰小型张相近,背景中还衬以肖邦作曲的五线谱(图 8.8)。

在波兰,肖邦无处不在。华沙机场就叫"肖邦机场"。肖邦是"爱国"与"文明"的代名词。

华沙重建　我们一步步走近华沙的老城,邮票上熟悉的镜头,一一呈现眼前。首先是那高耸的纪念柱,波兰吉格蒙特三世国王的雕像,他一手高擎十字架,一手持弯刀。我有 1955 年波兰邮票的黑印样(图 8.9),还有 1962 年制作的极限明信片(图 8.10)。在附近大楼的墙根边,还陈列着过去折损的几段残柱。

图 8.8　肖邦诞生 200 周年（越南）

图 8.9　吉格蒙特三世雕像（1）

图 8.10　吉格蒙特三世雕像（2）

"二战"中，华沙 85% 的建筑被毁。战后，面对一片废墟，政府曾打算建造一座"苏联社会主义式"的新城。颇有远见的华沙大学建筑系师生，早在战火迫近前，就把古城主要街区和重要建筑都做好了测绘记录，图纸全部藏入山洞。战后，他们将古城的形象资料公开展览。市民们参观后，一致敦促政府改变计划，强烈要求恢复老城的旧貌。重建华沙的消息一公布,吸引了30万流亡国外的波兰人回归祖国。劳动者创造了震惊世界的"华沙速度",图纸上的老建筑神奇地重新拔地而起,外观与战前一模一样。联合国教科文组织,一般不承认重建的"古迹",但是经过认真的论证,在1980年破例将华沙老城列入世界遗产名录。

如今的华沙号称"绿色首都"。全市绿地面积达1.26公顷,占城市总面积的27%。它有65个公园。在世界各大城市中,华沙的绿化程度名列前茅。

老城的范围不大。从纪念柱沿大街朝里走,经过圣约翰大教堂,不远就来到中心广场。这里搭了一片白色的帐篷,本地人和游客们坐着喝饮料、休息、聊天。在一个圆形的喷水池中间,有一座初建于1835年的美人鱼铜像,她置于方形的水泥底座上,大小与真人相仿,上身裸露,鱼尾翘起,左手持盾,右手举刀,形象挺威武,又很"亲民"。我看到一对夫妻,带着约莫10岁的女儿,来到美人鱼跟前拍照(图8.11,1916年华沙市加盖改值邮票。图8.12,林霏开摄)。

图8.11 美人鱼

图8.12 铜像前留影

美人鱼是华沙的城徽。"华沙"的名字,源自波兰语"华尔西和莎娃"——这是维斯瓦河畔的一对情侣,传说河里的美人鱼,见证了他俩的爱情。

1955年波兰发行的《华沙纪念碑》邮票,其中的美人鱼雕像,不是老城这座,而是女雕塑家尼特斯霍娃在1937年创作的,1938年安置于维斯瓦河的西岸(图

8.13,1955年波兰寄美国首日封,最右边的邮票为美人鱼雕像)。其时,欧洲战云密布,希特勒吞并波兰的企图昭然若揭。尼特斯霍娃的创作格调高昂——美人鱼手擎宝剑,满怀抵抗侵略的战斗激情。1943年,尼特斯霍娃在华沙起义中英勇牺牲了。

图 8.13　华沙的纪念碑

古老而美丽的华沙,在历史的长河中不断谱写着悲壮的故事(图 8.14,华沙犹太区英雄群像纪念碑极限明信片。图 8.15,1968 年以色列邮票)。

图 8.14　华沙犹太区英雄群像　　　图 8.15　华沙起义 25 周年

克拉科夫 "二战"期间,克拉科夫的古建筑基本没有遭殃。这座保存完好的中世纪老城,很早就被联合国教科文组织列为世界文化遗产。

德国纳粹残酷地屠杀了600万犹太人,克拉科夫附近就有臭名昭著的"死亡工厂"——奥斯维辛集中营。克拉科夫城内原有的数万名犹太人,被纳粹驱逐殆尽。德占波兰后,连篇累牍发行了印制考究的小版张,由此也可以看出,希特勒觊觎克拉科夫的名胜,一心想把波兰的珍贵遗产据为己有(图8.16,德占时纳粹徽标下的克拉科夫古城堡。图8.17,1982年波兰小型张,老城地图和建筑)。

图8.16 克拉科夫城堡

克拉科夫城始建于公元700年,1320—1609年为波兰的首都。文艺复兴时期,波兰是东欧最繁荣、最强大的国家。克拉科夫的红砖、红顶建筑,连成一片,十分绚丽。建于14世纪的圣玛丽教堂,美丽非凡,哥特式尖塔高81米,直插蓝天。钟楼每逢正点播放长号声,这是纪念中世纪的一位号手,他面对来敌,临危不惧,坚守岗位,吹号示警,被后人世代传颂(图8.18,波兰邮票。图8.19,波兰小型张。图8.20,波兰邮票,城市盾徽、俯瞰老城)。

克拉科夫的古城广场面积达4万平方米,号称东欧最大的中世纪广场。这里竖有克拉科夫出生的诗人密茨凯维奇的雕像。大市场始建于16世纪,有一排古色古香的拱门。从前,来自世界各地的商人,在大厅里进行呢绒、布匹、皮革、瓷器等交易。如今,大市场的一层为旅游纪念品商店,二层辟为国立博物馆。

图 8.17　克拉科夫

图 8.18　圣玛丽教堂

图 8.19　古城克拉科夫

图 8.20　克拉科夫 750 周年

　　老城的建筑群，历经沧桑，教堂、钟楼、修道院、方塔、富商住宅、书店……哥特式、巴洛克式、文艺复兴式，外观各异，色彩缤纷，总体又很调和。

　　在维斯瓦河畔，瓦维尔城堡雄踞于石灰岩山冈上，红墙蜿蜒，固若金汤。站在城堡的平台上，放眼四野，景色无限。1333—1370 年，这里曾为王宫。

　　克拉科夫在 11 世纪从罗马教廷引入天主教，至今留下了 60 座古教堂（图 8.21，2012 年波兰邮票）。

图 8.21　教皇保罗二世莅临克拉科夫

克拉科夫的教育事业很发达，有 11 所高等院校，其中，1364 年建立的雅盖隆大学，是欧洲最古老的大学。纳粹占领克拉科夫后，曾残杀了该校全体教师。

克拉科夫的博物馆里，珍藏了文艺复兴大师的不少作品，最为有名的是达·芬奇的木板油画《抱貂的少女》（图 8.22，波兰邮票 4 方连）。

图 8.22　达·芬奇《抱貂的少女》

据考证，这幅画里的女子名叫切奇莉亚，才 16 岁，她是达·芬奇在米兰的赞助人洛多维科公爵最喜爱的情妇，而公爵的族徽是白貂。故事的结局并不好：公爵最终娶了名叫碧翠斯的女子，而切奇莉亚虽然替公爵生了一个儿子，却只好悻悻地离开了……

维里奇卡盐矿　克拉科夫远郊的维里奇卡盐矿（图 8.23，波兰邮资明信片），被列入世界文化遗产第一批名录。这个盐矿有什么了不起的特点呢？

维里奇卡离克拉科夫市中心 15 公里。13 世纪这里开始开采地下岩盐，

图 8.23　维里奇卡盐矿

15—16世纪达到鼎盛时期,18—19世纪扩展成波兰盐都,1996年盐层基本挖尽,停产至今,完全转变为旅游产业。当地小镇有2万居民,每年要接待来自世界各地的150万游客。

在中世纪,食盐贵若黄金。维里奇卡的盐业收入,一度占到波兰国家收入的三分之一。食盐出口带动了格但斯克港口城市的发展。盐矿曾开采9层,采盐达2000万立方米,留下的巷道全长300公里,深入地下327米,连接2000个洞室。早在1744年,矿井内就修建了垂直坑道和楼梯,以便人们进矿井视察与参观。目前,最上面3层辟为博物馆。我们是乘电梯下去的,到达第一层为地下64米,走在坚硬的盐晶岩巷道里,舔一舔墙壁都是咸的。我们看到了绞盘、升降机、铁轨、盐车,以及各种古老的挖掘工具,还有一些劳动中的矿工蜡像。当年用马拉盐车,马是被4脚捆绑吊运至地下,从此在地下喂养、劳作,再也不回到地面。电梯下到第二层,地下101米处,我们进入了"圣金卡礼拜堂",人人都惊讶得张大了嘴。只见在盐晶岩洞里,凿出一个恢宏的大厅,厅高17米,面积达1000平方米,5盏由盐晶石雕制的巨大枝形吊灯,把大厅的每个角落都照得通亮。大厅正面中央有圣金卡公主雕像,四周墙上围绕着《圣经》故事的浮雕,其中包括达·芬奇的名画《最后的晚餐》。一切都是盐晶石的制品,据说整座礼拜堂,共用去2万吨盐晶石。3名矿工手工雕琢,共花了67年,最终修成正果。墙上的石匾标出了工匠的姓名。有意思的是,除了刻有姓名的3块石匾,还有第4块——是一块无字匾,它的意思是:还有谁,能继承他们的献身精神呢?

在维里奇卡盐矿,盐晶石的雕像很多,大量的是耶稣及圣徒像。长年累月在地底下艰苦劳作的矿工,精神支撑就靠祷告天主。盐矿里也有一些现实的伟人像,如天文学家哥白尼,他在克拉科夫上大学时,来过盐矿;还有诗人歌德,他在1790年参观了盐矿。

激情燃烧的岁月 波兰是个苦难深重的国家,历史上屡遭侵略、瓜分,人民挣扎于死亡线上。但是正如他们的歌曲所唱:"波兰永不会灭亡。"他们的邮票设计,常常饱含激情,套用一句老话,能令人感到"激情燃烧的岁月"。

试举2种波兰小全张为例:

2004年纪念第28届奥运会(图8.24),张幅200×115 mm,含拳击、跨栏、马术、摔跤4票,非常有气派!底色为希腊最具代表性的颜色——蓝与白,著名的雅典神庙前,金色的"胜利女神",巨翅飞扬。谁都熟悉的希腊古迹和雕塑,从来没有被如此强有力地展示于邮品之中。设计者突出了体育运动争强夺胜的主题,奏响了高昂的旋律。

2008年纪念第29届奥运会(图8.25),张幅203×120 mm,含游泳、排球、撑杆跳高、击剑4票,背景为两个大大的汉字"北京",并衬以中国国画风格的林木花草。可以想见,这样的"东方情调"会产生很大的吸引力。

波兰邮票在色彩运用方面很大胆,这也需要印刷工艺跟得上。成功的例子,

图 8.24 第 28 届雅典奥运会

图 8.25 第 29 届北京奥运会

如电影小全张(图 8.26),涂鸦小型张(图 8.27)等。

图 8.26 波兰电影　　　　　　图 8.27 涂鸦

1958年,波兰制作了世界上第一枚丝绸小型张,图案为奔驰的驿车,纪念波兰邮政开办400周年。2008年,波兰又一次发行丝绸小型张,纪念波兰邮政开办450周年,图案为古代信使和16世纪末的克拉科夫城。小型张背面有不干胶纸,制作很精细(图8.28)。

图8.28　波兰邮政450周年

波兰国旗是红、白两色。国鸟为白尾海雕。1993年庆祝共和国成立75周年,波兰发行的小型张,图案就是红、白两色的海雕身影,展翅在蓝天上自由飞翔(图8.29)。"邮票日"的纪念邮票,也很巧妙,飞上蓝天的是一个风筝样的信封,红、白两色交叠,"波兰"的表达非常鲜明(图8.30)。

图8.29　建国75周年

图8.30　邮票日

9　匈牙利邮踪

想不到布达佩斯这么漂亮！站在多瑙河西岸"布达"的渔人堡高处，俯瞰河东以国会大厦为中心的"佩斯"城区，夕阳金光闪闪，以米白色为主的建筑群，反射出无法言传的圣洁之美。每一个目击者都被震撼了，迷恋得不忍离去。

要让城市变得与大自然一样清新诱人，这是多少世纪的经营与呵护的结果啊。

几十年来，我从邮票上对匈牙利心向往之，如今面对真实的布达佩斯，才明白"方寸艺术"之局限，它无法传达多瑙河辉煌的万分之一。邮票上早有链子桥，而链子桥的韵律，只有在闪光的多瑙河面上，只有当游艇穿过巨大的桥洞时，才能被真切地领悟（图9.1，1958年匈牙利邮票）。是啊，集邮者到此旅游，是携带着"方寸"的符号，去亲身印证与感受了。伊丽莎白桥同样如此，邮票上白色的门形桥塔，如今在阳光下披裹银装，就像是仪态万千的舞蹈家（图9.2，1964、1985年匈牙利小型张）。大桥、江水、草地，内在的和谐，"方寸"无法完全展现。布达佩斯有9座大桥横跨多瑙河，每一座都如诗如画。欧洲文明之树常青，离不开多瑙河的波涛，也离不开那些不同凡响的桥梁。不奇怪呀——匈牙利邮票何以几十年来反复出现多瑙河上的桥（图9.3，1985年匈牙利小型张，多瑙河上的桥。图9.4，1985年匈牙利小型张）。

图 9.1　链子桥

图 9.2　伊丽莎白桥

图 9.3　欧洲邮展　　　　　　图 9.4　解放 40 周年

还有那紫红色圆顶的国会大厦！在无数的哥特式尖顶簇拥下，在广阔延伸的白色新城里，国会大厦巍峨耸立，又以柔和的线条融汇于周围的建筑之中（图9.5，1983年匈牙利小型张）。从渔人堡俯瞰多瑙河两岸景色，我深感造城者具有宏伟的胸襟，又时时掌控着规划的细节，从来不允许丑陋的建筑来破坏这整体的美。

我们来到布达佩斯的英雄广场。它的雄伟气势，超过我到过的莫斯科红场和墨西哥城中心广场。英雄广场上的巨大纪念碑，高达36米，顶端是大天使加百列的雕像，底座上有7位马扎尔部落领袖风姿飒爽的骑马青铜像。这座纪念碑是1896年为纪念匈牙利的先祖定居欧洲1000周年而建造的。

1996年，匈牙利发行了一种小全张，画面所表现的正是英雄广场的豪迈气势（图9.6，1996年匈牙利小全张）。

图 9.5　国会大厦

图 9.6　定居匈牙利1100周年

匈牙利很早就成为举世闻名的集邮强国。他们用珂罗版印刷的精美邮票，由中国集邮总公司进口，传播很广。音乐、绘画、文学、体育、航空、动物、植物……形形色色的专题集邮者，都从匈牙利邮票中得到滋养。

记得我在中学年代，最早知晓世界七大奇迹，就是通过集邮公司供应的一套匈牙利盖销邮票（图9.7，1980年匈牙利邮票，依次为：巴比伦的空中花园，以弗所的阿泰密斯神殿，古希腊奥林匹斯宙斯像，哈里卡纳苏的莫奈拉斯陵墓，罗得岛上的太阳神巨像，亚历山大港的法罗斯灯塔，埃及的金字塔）。1980年发行的这套邮票，不但描绘现存的奇迹（如埃及金字塔），还逐项画出已经消失的奇迹，而且标明地图上的位置。邮票引起我对文明史与考古学的浓厚兴趣。集邮能够增知怡情，从此我也越发迷恋其中了。

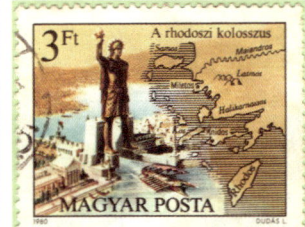

图9.7　世界七大奇迹

多种多样的邮品构成匈牙利集邮的宝库，这里举几种明信片为例：1972年的一张极限明信片，以邮票的主建筑图，结合横幅的照片全景，展现了布达佩斯壮观的国会大厦(图 9.8)。1984 年的一张极限明信片,又以横长形的邮票,结合特写照片,展现了国会大厦美丽的夜景(图 9.9)。1972 年的一张极限明信片,展示了国会大厦三层内景,结构装饰十分华丽,从邮票上还可以看到会场的座椅(图 9.10)。晚上坐游轮游览多瑙河,景色尤其迷人(图 9.11,匈牙利极限明信片)。

图 9.8 国会大厦

图 9.9 国会大厦夜景

图 9.10 国会大厦内景

图 9.11　夜游多瑙河

针对中国市场的需求,近些年匈牙利也每年发行生肖邮票,颇受欢迎(图 9.12,2018 年匈牙利小型张)。

图 9.12　狗年

10　美不胜收的捷克

图 10.1　布拉格艺术宫

穆夏绘画　捷克画家阿尔丰斯·穆夏（1860—1939 年），是新艺术运动的代表性人物。2007 年 7 月初我去布拉格旅游，有幸"闯进"艺术宫楼下的咖啡馆，亲身感受到浓郁的"穆夏氛围"。

艺术宫又叫区政府大楼，位于一条大街口。罗马式的圆顶下，有半圆形的大幅马赛克画《向布拉格致敬》，非常引人注目（图 10.1，林霏开摄）。艺术宫内有斯美塔那音乐厅，楼下沿街为穆夏咖啡馆。当其他游客都隔着马路拍摄建筑物时，我独自奔向咖啡馆。为什么？为了穆夏——他是捷克第一枚邮票的设计者。

咖啡馆果然美不胜收！即使门口的一块招贴板，也出奇地漂亮。那是穆夏笔下的波希米亚美女，长发飘逸，肤如凝脂,粉红的绸裙,淡绿的丝带,旁衬奇花异卉,洋溢着青春的朝气。走进咖啡馆,每一处布置都显出穆夏的精致风格,尽头有一个靠墙的喷泉,白色大理石的少女雕像复制了穆夏的作品。

咖啡馆里几乎座无虚席。在这样优美的环境里,轻轻啜饮,低声交谈,真乃莫大的享受啊。

有这一"闯",从此看捷克斯洛伐克的首套邮票,就亲切多了(图10.2)。

图10.2　捷克斯洛伐克首套邮票(部分)

捷克斯洛伐克首套邮票,是穆夏设计的。布拉格号称"百塔之城",在邮票的"方寸"之地,穆夏突出描绘了皇宫与城堡的尖顶,在天穹下光芒四射。前景与后景有花枝缠绕、小鸟啼鸣。光芒——不是随便落笔的,它表露了画家赞颂的激情。花枝和小鸟,也不是随便画的,那是新艺术运动的青春做派,献给新生的独立国家。拉丁文字也不刻板,具有一种手写的韵味(图10.3)。

图10.3　穆夏设计手稿

阿尔丰斯·穆夏出生于捷克境内的南摩拉维亚，他的成才之路充满坎坷：布拉格国立艺术学院曾将他拒之门外；他到维也纳一家剧院担任布景绘制，剧院却失火焚毁，他只能流落街头替人画像；后来到巴黎学画，因赞助人停止赞助，他只能替出版商画插图以维持生活。在艰难困顿之中，穆夏终于掌握了朱利安画派和德拉罗什画派的技巧，并逐渐形成了自己的风格。后来，他因绘制演员萨拉·贝鲁娜露的海报而闻名四方。在巴黎，他与印象派画家高更同住一楼，并结为挚友。穆夏成名后曾几度出访美国并在那里暂居。

捷克的知识精英都非常爱国，如作曲家斯美塔那、德沃夏克，歌唱家艾玛·德斯汀等，穆夏也时刻不离对故土的眷恋之情，他身在美、法，心中盘旋的是伏尔塔瓦河流淌的旋律。穆夏绘画离不开美女、花卉和缠绵悱恻的装饰，而晚年的20多幅组画《斯拉夫史诗》却浩然大气。1918年，独立的捷克斯洛伐克要发行邮票，穆夏欣然受命设计。他的绘画饱含音乐性，从一开始就奠定了捷克邮票优雅的基调。几十年来，这种基调配以高超的雕版印刷技术，俘获了全世界集邮者的心。

穆夏画画，爱用东方的四条屏形式，如《春》《夏》《秋》《冬》；《晨之到来》《昼之光辉》《暮之幻想》《夜之休憩》等。1969年，捷克斯洛伐克邮票再现了穆夏的作品——《音乐》《绘画》《舞蹈》《红宝石和紫水晶》(图 10.4—10.7)。穆夏画过大量的商品广告，如香水、首饰、白兰地、巧克力、自行车等，美女如云，千娇百媚。学院派轻视这类作品，商品经济最发达的美国却毫不犹豫地接纳了穆夏。从贫穷中奋斗出来的画家，很容易贴近生活，他描绘富裕闲适的幻想，老百姓乐于接

图 10.4　音乐

图 10.5　绘画

图 10.6　舞蹈

图 10.7　红宝石和紫水晶

受。我在布拉格的咖啡馆里看到了新艺术主义的生活,更理会了为什么捷克的各种各样日用品,设计都充满"穆夏味"。

　　捷克一再纪念阿尔丰斯·穆夏和他设计的首套邮票。1948年12月18日,为纪念捷克斯洛伐克邮票30周年,发行了一种单色(深蓝)的无齿孔小型张,图案为穆夏设计的邮票(图10.8)。1958年12月18日,又发行一种竖长形的雕刻版邮票,纪念捷克邮票40周年,图案中头戴花冠的女神,注视着墙上穆夏设计的邮票(图10.9)。1978年12月18日,时逢捷克邮票60周年,又发行了一种横长形的邮票,图案是穆夏肖像和邮票设计图,下有穆夏的签名。同日开幕的布拉格邮展,首日封上加贴了一枚无面值的封口纸,图案为骑马吹邮号的裸体少女,画笔风趣而奇特(图10.10)。1988年8月18日(凑齐了4个"8"字),为纪念首套邮票70周年和布拉格邮展,又发行了一种小型张,含穆夏肖像邮票2枚,同图并列,下为他设计的邮票图案(图10.11)。该年,古巴也发行了布拉格邮展小型张,图案用1918年的捷克邮票,并将穆夏的签名设计稿作为陪衬(图10.12)。2002年,为配合捷克与法国的文化交流活动,捷克发行了一种小型张,底图采用一幅老照片:法国雕塑家罗丹与捷克画家穆夏同坐一辆马车,行进在布拉格的大街上。罗丹长须垂胸,手拿礼帽,表情兴奋而愉快;穆夏略显肥胖,手持细细的拐杖,正回身向罗丹介绍着什么。街上行人如织,令我联想到布拉格市瓦斯拉夫

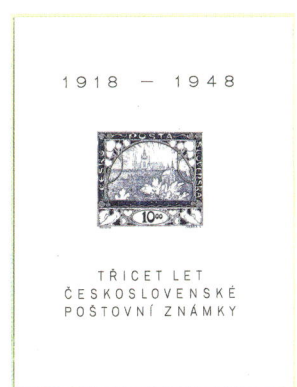

图10.8　捷克斯洛伐克邮票30周年

图10.9　捷克斯洛伐克邮票40周年

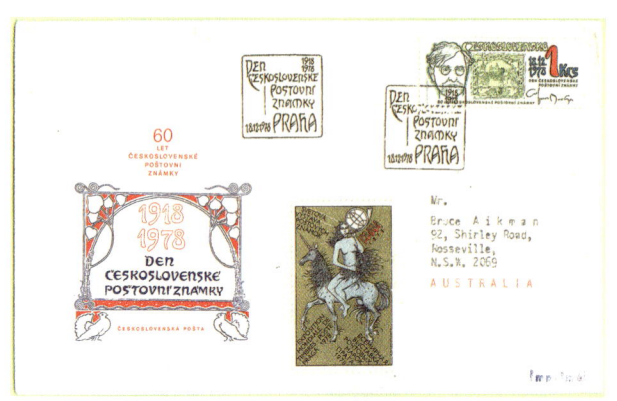

图 10.10　捷克斯洛伐克邮票 60 周年

图 10.11　捷克斯洛伐克邮票 70 周年

图 10.12　布拉格国际邮展（古巴）

图 10.13　罗丹与穆夏

广场上的热闹景象。何等珍贵的镜头啊，"方寸"留下了永恒的纪念（图 10.13）。

建筑瑰宝　布拉格没有受到过战火的摧残，整座城市被列为世界文化遗产，它是全球首例。

查理大桥是布拉格的象征。2007 年，为宣传 2008 年布拉格世界邮展，同时纪念查理大桥 650 周年，捷克发行了一种小型张，图案采用查理大桥夜景的照片（图 10.14）。这枚小型张的票幅较大（155×100 mm），以粗犷的手法，凸显古老桥墩的厚重与水面反光的魅力。据说查理大桥建造时，从波希米亚各地汇集鸡蛋，把蛋清拌进灰浆，以增强砖石的黏合度。有一个村子，殷勤过了头，为避免打碎，竟运来一车煮熟的鸡蛋！自 1357 年建成以来，尽管伏尔塔瓦河一再泛滥，查理大桥却岿然不动。联想到特50《中国古代建筑——桥》邮票,古人的智慧与责任心,东方与西方都是一样的。

图 10.14 布拉格邮展·查理大桥 650 周年

查理大桥是一座石桥,长 516 米、宽 10 米,有 16 个桥拱,桥身两侧柱头上矗立着 30 座雕像,其中一座是青铜的,一座是大理石的,其余都是陶土的。由于陶土易受空气污染,原件已被移至国家博物馆,如今桥上的都为复制品。在圣-弗朗索瓦·塞拉菲克雕像的脚下,刻着《诗篇》中的一句:"他的天使将会在你生命的小径上保护你。"传说抚摸桥侧的圣像,能带来好运。我们漫步桥上时,正遇泰国某公主参观,随从与捷克保安人员前呼后拥,公主则手按雕像,默默地祈祷。

去布拉格旅游的人,没有不上查理大桥的。桥面成了天然的集市,卖画的,卖手工艺品的,演奏音乐的,表演提线木偶的,无数的小摊小贩,来自天南地北的各种肤色的游客,一年四季络绎不绝。

查理大桥年复一年地出现在捷克邮票上,就像链子桥之于匈牙利邮票,其曝光的频率似乎都超过长城之于中国邮票。

我最喜欢的查理大桥邮品,是 1978 年捷克斯洛伐克发行的布拉格国际邮展小型张(图 10.15)。它与 2007 年捷克小型张的视角相反,从另一侧面描绘了大桥。票幅不大（95×77 mm），色调清新，以纤细的钢笔画勾勒出古朴的老桥。伏尔塔瓦河畔"百塔之城"的天际线，俏丽而生动。这枚小型张里的镜框，乃至面值的花体阿拉伯数字，都似含音乐的韵律。邮票下端3个小小的设计草图，是刻意安排的，左、右为布拉格邮展的标识，中间一图隐约可见穆夏设计的捷克斯洛伐克首枚邮票的轮廓。小型张传递出一种含蓄的欣赏趣味。

图 10.15　布拉格国际邮展

伏尔塔瓦河上的桥梁很多，1978年捷克斯洛伐克发行的布拉格国际邮展纪念邮票，一套6枚，分别以6座桥梁为图案——帕拉克桥、铁路桥、"五一"桥、梅内斯桥、斯瓦托波鲁克-塞茨桥、查理大桥（图 10.16—10.21）。

图 10.16　帕拉克桥

图 10.17　铁路桥

图 10.18 "五一"桥　　　　　　　　　　图 10.19 梅内斯桥

图 10.20 斯瓦托波鲁克-塞茨桥　　　　图 10.21 查理大桥

1979 年 12 月 8 日"邮票日",捷克斯洛伐克发行了一枚狭长形的查理大桥邮票,其特点是,以 4 个纪念邮戳覆盖桥面,体现了悠久的集邮传统(图 10.22)。

图 10.22 邮票日

1955年，为纪念布拉格国际邮展，捷克斯洛伐克发行了有齿、无齿一对小型张，各含1套5枚古色古香的建筑邮票，其中最高面值的1枚（查理大桥和古堡），气势不凡（图10.23）。1962年，布拉格又举办国际邮展，这回的小型张，把"百塔之城"描绘成彩色的童话世界（图10.24）。1997年，为迎接1998年布拉格国际邮展，捷克发行小型张，含2枚水彩速写画的邮票，尖塔、皇宫、旧城、大桥，笔触更为潇洒，绚丽多姿（图10.25）。

图10.23　查理大桥和古堡

图10.24　百塔之城

图10.25　布拉格国际邮展

不知为何，每当回想起布拉格，我眼前总会浮现市中心一家中餐馆的周边环境。连续两天，我们曾去那里午餐，餐后在门外帐篷下小憩。附近是捷克的居民区，具有数百年历史的巴洛克式建筑，都是四五层高。每幢有不同的雕饰，粉红、淡绿、鹅黄、蔚蓝……不同的墙色，一幢紧挨一幢，就像一个个仔细打扮过的女子，端庄地站立街道两旁。和风吹拂，绿树摇曳，有几个金发少女走过去了，有一位推着小购物车的老人走过去了,又有一个穿 T 恤衫的青年,牵条小狗走过去了……捷克人感情不外露,不轻易与人攀谈,对身旁的动静似乎总保持警惕,也许是曲折的历史造成了他们的性格。

捷克的普通邮票以精美雕刻再现布拉格古老建筑(图 10.26)。在纪念邮票上,由捷若斯拉夫·卢柯夫斯基绘制的旧城堡,更显得玲珑剔透(图 10.27)。2001 年捷克发行的小型张,精印了 18 世纪捷克画家赖纳(V. V. Reiner)为布拉格的伏特波夫斯卡花园建筑所作的天顶画(图 10.28)。

图 10.26　捷克普通邮票　　　　图 10.27　旧城堡图

图 10.28　伏特波夫斯卡花园建筑天顶画

离开布拉格,我们游览了啤酒之乡百威镇,又驱车来到著名的克鲁姆洛夫城堡——它在 1998 年被联合国教科文组织列为世界文化遗产,我们有幸在中心广场的老酒店里住了一宿。傍晚的漫步与黎明的考察,都令人难忘。最近,我买到了 2001 年的一套捷克邮票,其中 1 枚就是克鲁姆洛夫城堡(图 10.29)。2016 年联合国发行的邮票上,也有克鲁姆洛夫的景色(图 10.30)。

图 10.29　克鲁姆洛夫城堡

图 10.30　克鲁姆洛夫景色

捷克人的幽默　20 世纪捷克文坛的奇才博·赫拉巴尔说过:"谈到捷克幽默,我还是首推布拉格的黑色幽默……幽默和嘲笑是最高的认识,忧伤的事件变成怪诞的事件,变成逸闻趣事的影射与暗喻。令我感到恐惧的一切事情在怪诞的视角下统统变成了幽默,而从永恒的角度看一切都是玩笑。每一桩从它自身基础上提高来看的事件都值得众神捧腹大笑。遗憾的是,古希腊罗马的诸神都已离去,在他们身后留下来的只有人,谢天谢地!"

赫拉巴尔论幽默时,比较沉重而忧郁;捷克邮票上的幽默相对要轻松一点。

捷克以雕刻版的小版张复制国家美术馆的藏画,其中包含许多幽默画。譬如蒂赫的《魔术师》(图 10.31)、《口技》(图 10.32)、巴乌赫的《马戏》(图 10.33)、斯沃林斯基的《小丑》(图 10.34),等等。捷克老百姓喜欢的杂技、马戏、木偶戏,再三得到邮票选材的青睐。1996 年,捷克还为出生于波希米亚的法国哑剧表演艺术家德布朗(1796—1846)发行了纪念邮票(图 10.35)。

图 10.31 《魔术师》

图 10.32 《口技》

图 10.33 《马戏》

图 10.34 《小丑》

图 10.35 法国哑剧大师德·布朗

  作家哈谢克的小说《好兵帅克》，早已闻名全球。捷克发行过好几种相关的邮票及首日封(图 10.36)。在古城克鲁姆勒夫街头，胖墩墩的帅克和卡通鼹鼠的漫画像随处可见，我不由地在街上照相(图 10.37)。

图 10.36　好兵帅克

图 10.37　克鲁姆洛夫街头留影

捷克报刊上流行"无题漫画"，这些漫画不断地被选入邮票的"幽默系列"。如 1995 年的一套 3 枚邮票（图 10.38），分别采用了 3 位画家的作品：（1）丈夫不必劳作,他坐着为辛苦洗衣的妻子演奏小提琴;(2)睡眼惺忪的天使,一脚把老公踢下了床(他的屁股上有一个脚印);(3)魔术师让香槟酒的塞子,轻松地越过手里的藤圈。同图明信片替这些邮票加盖了布拉格的漫画邮戳。

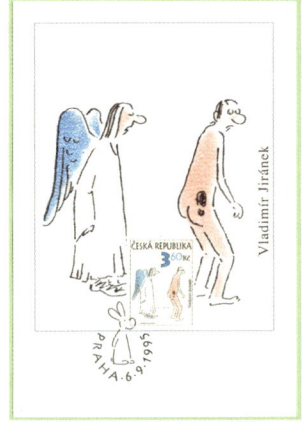

图 10.38　幽默画

2002年,为卡通鼹鼠诞生40周年,捷克发行了纪念邮票,画面是可爱的鼹鼠与蝴蝶一起在花园里玩耍(图10.39)。通过电视,中国观众不是也很熟悉小鼹鼠吗？我们在克鲁姆洛夫一家小店里,发现一枚鼹鼠的冰箱贴。妻子拿起它,不经意间模仿了它的叫声"咿呀",女营业员在背后"扑哧"笑了起来。哦,《鼹鼠的故事》通片没有对话,仅有小鼹鼠的一声"咿呀",而它的情感交流世人皆知。小鼹鼠与人们相伴,已远超40年了……

图 10.39　鼹鼠

2018年,我和妻子再去捷克旅游,访问的重点是卡罗维发利。因为妻子是一名电影工作者,对卡罗维发利电影节的举办地向往已久,而过去参加的多国游也没去过那儿。

那是一座温泉城市,名副其实的世外桃源。走在宁静的大街上,两边的楼房姿态各异，美轮美奂。卡罗维发利有 79 眼温泉，最有名的温泉回廊有 4 处，由于外文名称拗口，导游简称之为玻璃温泉、大理石温泉、铁温泉、花园温泉，这是以回廊的建材与环境特点"命名"的。随处可喝温泉水，几乎人人手持一只小摊上买的温泉杯，它有一个弯弯的吸水口。我买的温泉杯做成好兵帅克敬礼的样子，从他军帽顶上灌水，喝水口在他后背，弯弯的像一条翘起的尾巴。

图 10.40　卡罗维发利温泉

　　温泉水虽然健身，却有点苦涩，并不好喝。街上还有卖温泉饼，是用温泉水和面制作的，大家都尝了尝。如果不在卡罗维发利的酒店住宿，就不在该地洗温泉澡。我们是当天赶往玛丽安温泉小镇，住进了山上的五星级酒店。那里的温泉不亚于卡罗维发利，而按摩浴缸等设施相当完善。

　　1956 年捷克发行的《塔特拉山区矿泉疗养院》邮票，躺在我的邮册里已经几十年了，其中有一枚《卡罗维发利温泉》(图 10.40)，这次重游捷克，才对这邮票"找到感觉"。到了卡罗维发利以及玛丽安温泉小镇，才明白各国的电影明星，真会找温柔之乡。

　　重游捷克的另一收获是到了世界文化遗产——泰尔奇小镇。这里古时是皇帝的水上城堡，有哥特式的要塞、城门，进入僻静的广场，两边是带拱门与回廊的各色建筑。我登上高高的教堂塔楼，欣赏绿树掩

图 10.41　泰尔奇小镇冰箱贴

映、湖光潋滟中的小镇,真是美若仙境。我买了一枚全景照片的冰箱贴(图10.41),印证我邮册中描绘泰尔奇小镇的捷克邮票(图 10.42)。

图 10.42　泰尔奇小镇建筑

11　三临勃兰登堡门

2014年夏天,我随旅行团来到柏林勃兰登堡门。这是我第3次游览此地了,触景生情,感慨良多。

勃兰登堡门位于柏林菩提树下大街的西端,由C.G.朗汉斯仿照雅典卫城的山门设计,建于1788—1791年,它是柏林唯一保留下来的城门,高26米、宽65.5米、深11米,12根陶立克式的立柱,分为东西两排各6根,每根高15米,底部直径1.75米。6根门柱构成的5个门洞,中间的门洞特宽,在1918年德皇威廉二世退位以前,只有王室成员与国宾,才能走中间宽阔的通道。

今天,任何一位普通游客,都可以随意漫步,穿过勃兰登堡门的正中通道,渐走渐远,回头欣赏这座凯旋门顶上5米高的青铜铸像——长有双翅的胜利女神,手持月桂花环的权杖,驾着4匹马拉的战车,奔驰向前。铸像是由沙多夫创作,1793年安置到门顶上。1991年德国发行勃兰登堡门200周年纪念邮票,绘画重现了两个世纪前勃兰登堡门落成初期的景象(图11.1)。

勃兰登堡门见证了普法战争、"一战"、"二战"、柏林墙与冷战,直至德国重新统一的历历往事。勃兰登堡门是柏林城市建筑的象征,也是德国历史中的重要标识。

1806年拿破仑率领法国军队,曾进占柏林,穿过勃兰登

图 11.1　勃兰登堡门 200 周年

堡门后,他命令拆下胜利女神 4 马战车青铜像,装箱运回巴黎。到了 1814 年,普鲁士反法同盟军打败了拿破仑,又从巴黎夺回铸像,重新安置到勃兰登堡门上。

受检阅的德国军队被特许出入勃兰登堡门的中间通道,譬如 1871 年普法战争凯旋的官兵,"一战"初期出征的官兵(图 11.2)。勃兰登堡门前,经常举行庆典仪式,1905 年的一张广告明信片,描绘了盛大壮观的场面(图 11.3)。

图 11.2　"一战"出征的德军

图 11.3　1905 年庆典

德国历史上丑恶而恐怖的一幕,发生在 1933 年 1 月 30 日。这一天,希特勒被兴登堡总统任命为总理,纳粹党开始参与联合组阁。狂热的冲锋队举行了火炬游行。游行队伍通过勃兰登堡门时,大道两边千百条手臂朝天行纳粹敬礼。德国明信片刊印了这喧嚣的场面(图 11.4)。

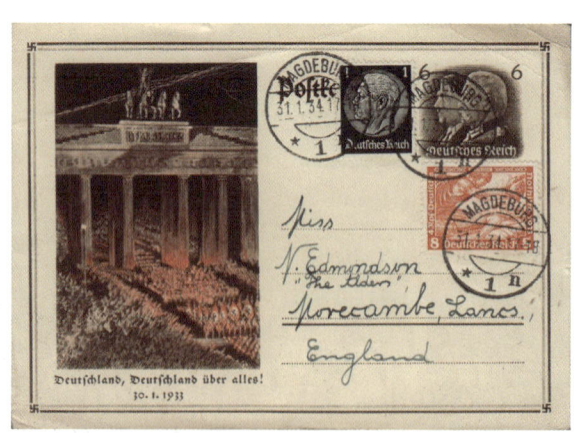

图 11.4　纳粹冲锋队火炬游行

对照美国记者威廉·夏伊勒《第三帝国的兴亡》一书的记述,可以体会明信片上的镜头:

那天晚上,从黄昏到午夜过后很久,乐极忘形的纳粹冲锋队员在街头举行盛大的火炬游行,庆祝胜利。他们成千上万的人,排成整齐的队形,从动物园出来,经过勃兰登堡凯旋门,到威廉街。他们的乐队在震天的鼓声伴奏下吹奏着军乐,他们的嘴里高唱着新编的《霍尔斯特·威塞尔之歌》和其他一些同德国一样古老的歌曲,他们的长筒皮靴在马路上咔嚓咔嚓踩出了有力的节奏。他们的火炬高举着,成了一片火海,照亮了夜空,使聚集在人行道上观看的人们的欢呼声变得分外热烈……在威廉街另一头只有一箭之遥的地方,阿道夫·希特勒站在总理府一扇打开的窗户前,乐极忘形,手舞足蹈,不断地举起手臂致纳粹党的敬礼。他时而微笑,时而大笑,高兴的眼睛里又充满了泪水……有一位外国观察家那天晚上怀着另一种感情观看游行。安德烈·弗朗索瓦·庞赛大使写道:"火海流过了法国大使馆,我怀着沉重的心情和不祥的预感看着它过去。"

上述明信片是"火炬游行"的真实记录。面值 6 芬尼的邮资图,为老总统兴登堡和新总理希特勒的侧面叠影像,这是希特勒作为国家领导人第一次登上"国家的名片"。把希特勒从潘多拉魔盒里放出来的兴登堡,老朽不堪,第二年就去世了。希特勒继承为总统,迅速独揽大权。纳粹的宣传相当狡猾,在第三帝国的头几年里,发行的邮票并不马上突出"元首",而是用邮票纪念诗人席勒,作曲家许茨、巴赫、亨德尔。邮票上屡屡出现普通劳动者和各族妇女,直到 1937 年,才发行邮票为 48 岁的希特勒祝寿。以后,纳粹政权逐步稳固,戈培尔乃开足马力,利用邮票替希特勒"造神"。

上述明信片的照片底下,印有一行德文口号:"德意志,德意志高于一切!"还印了日期"30. 1. 1933"。本书插图的实寄片,是 1934 年 1 月 31 日从德国东部的马德堡寄往英国伦敦的,在 6 芬尼的邮资图旁,加贴了 1 芬尼与 8 芬尼的邮票各 1 枚。1 芬尼邮票是兴登堡侧面像,8 芬尼的是 1933 年发行的《瓦格纳歌剧作品·女武神》。希特勒最喜欢瓦格纳的歌剧,他说自己构想出"国家社会主义"的蓝图,是受到瓦格纳《尼伯龙根的指环》之启发。《女武神》是《尼伯龙根的指环》系列剧的第 2 部,描述了战争、流血、惊恐、毁灭,天无宁日……

我在整理这样的明信片时,常常会猜想发信人的情况。80多年以前,他是怎样一个人呢?是普通的集邮者,还是邮商?是纳粹分子,还是忧心忡忡的犹太人?他们预见到人类将遭受空前浩劫吗?德国的寄信人与英国的收信人,以后又经历了怎样的命运?80多年以后,这张明信片是如何流入市场的?

邮品背后有无穷无尽的故事,可以发掘,也可以联想。

纳粹擅长虚张声势,他们掌权后很快在勃兰登堡门的5个门洞里,都挂上长长的纳粹旗帜。入夜,冷风飕飕,气氛诡异。1943年第三帝国10周年国庆,纪念邮票上也不忘重现冲锋队的火炬游行(图11.5,1943年德国邮票4方连)。

图11.5　第三帝国10周年

1945年,苏军攻克柏林,把红旗插上了勃兰登堡门顶。当年炮火下残存的胜利战车的一个马头,如今保存在柏林博物馆内。德国明信片记录了1945年冬天勃兰登堡门的破败样子(图11.6)。

图11.6　勃兰登堡门(1945年冬)

1957—1958 年勃兰登堡门进行修复，利用原来的模子，重新翻铸了胜利女神 4 马战车。

不久，冷战的产物柏林墙，于 1961 年将处于东德地盘中的勃兰登堡门围了起来，除了东德的军警，无论哪一方的居民，都无缘再靠近勃兰登堡门了。

我是 1984 年首度看到勃兰登堡门的。那是我第一次出国。联邦德国艾伯特基金会邀请了 8 国记者组成观光团，成员中有我与新华社的一位老太太。全团在西柏林游览以后，又坐大轿车进入东柏林。那时，"冷战"的气氛十分紧张，柏林墙的东侧，密布铁丝网、探照灯、地雷阵，还有全副武装的摩托兵不断地从路上呼啸而过。勃兰登堡门一带成了死寂的无人区，我们只能隔着车窗玻璃，仰望那一幢幢撤空了的高楼大厦。在汽车回程的关口，东柏林警察手持长柄的反光镜，仔细搜查车底，看看有没有藏匿的偷渡者。

1989 年，柏林墙终于被推倒了。两边的德国人一起站到残墙上，手拉手迎接和平统一。

2007 年，我第二次去到勃兰登堡门，是与妻子一起参加旅行团，从德累斯顿经过波茨坦，再进入柏林。我们是从勃兰登堡门的东面，由胜利战车的背后走向门洞的。东、西两面的门楣是不同的，西面有浮雕，东面是光板。我见到车来人往，毫无阻挡。不过，高耸入云的吊车，还在对勃兰登堡门进行维修。

记得那次出行前，邮友周正谊特地提醒我，要买些含有柏林墙残屑的邮品。到了柏林，果然有这样的纪念封、明信片。譬如，印有勃兰登堡门照片的信封，镶上硬币大小的透明塑料罩，里面有一小片墙砖的碎屑，还带着涂抹过的颜色。真假难辨，却很有趣。

我的收藏范围以小型张为主。我屡次推介德国的第一枚小型张，即 1930 年柏林国际邮展开幕日发行的附捐小型张(图 11.7)。它

图 11.7　德国首枚小型张

所含4枚邮票,第1枚的图案就是勃兰登堡门,建筑物的端庄,小型张雕刻的精细,纸张上水印之清晰与布局之周密,我觉得,不仅体现了高超的印刷水平,还反映出日耳曼民族严谨的作风。

1990年,德国发行了拆除柏林墙1周年纪念小型张,设计很巧妙,三色国旗化成一道希望的彩虹,穿破了柏林墙,民众一起站在勃兰登堡门前的墙头,欢呼和平统一(图11.8,德国小型张。图11.9,德国纪念邮票明信片)。

图11.8 拆除柏林墙1周年

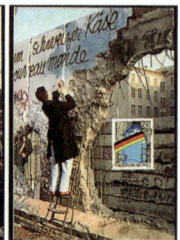

图11.9 纪念邮票明信片

2014年夏天,我和妻子参加"德国大城小镇浪漫之旅",我第三次来到勃兰登堡门。我们又由东向西步入城门的中间通道。那一天,恰逢国会大厦的公众开放日,每年只有这么一天,被我们碰上了!我们不仅参观了会议厅,而且由底到顶,游览了大厦内部锥形的玻璃塔,那是一项宏伟而环保的现代化建筑奇迹。

尽兴地离开国会大厦后,我们又由西向东穿过勃兰登堡门,回到一处公共汽车站附近,等待旅行团的集合。

清风送爽,菩提树下大街宽阔坦荡,四周听不到噪音,空气非常新鲜。

我坐在一家咖啡馆街边的椅子上,不禁产生一幕幕历史的回想。耳畔仿佛听到了拿破仑军队的马蹄声,德皇威廉二世的马车声,纳粹冲锋队皮靴的咔嚓咔嚓踏地声,希特勒歇斯底里的狂笑声,苏联红军攻克柏林的呐喊声,飞机轰炸与机枪扫射声,推倒柏林墙时人们的欢呼声、歌舞声……一阵阵,一阵阵,如浪翻滚,若隐若现。200多年的风云变幻,展现在勃兰登堡门前。

高大而庄严的勃兰登堡门,默默地俯视着朝代更迭,人们奋斗忙碌,血汗交织,悲喜交集,前仆后继,无休无止。今天,来自世界各地不同肤色的游客,又满怀兴趣地仰视着城门顶上的女神战车。

无知的骏马,他们奔向何方呢?战车是为谁而战呢?女神的"胜利",又意味着什么呢?

到我2014年第三次来访勃兰登堡门,它已建成223年。从我1984年第一次登上柏林墙边参观的岗亭,一晃也过去30年了。

历史的车轮滚滚向前,曾经不可一世的帝王与恶魔,都化作了渺小的尘埃,随风而逝。

如今阳光明媚,平民百姓和各方来客端一杯咖啡,街边小坐,轻声聊天,过着无忧无虑的宁静生活,这正是善良人们的共同愿望呀……

12　地中海巡游记

坐邮轮巡游地中海,有许多线路。2016 年 9 月,我们参加的旅行团,行程为:从上海飞到米兰,坐汽车到热那亚登船,环游地中海,途经奇维塔韦基亚(罗马的外港)—帕勒莫—瓦莱塔—巴伦西亚—马赛,夜里在船上睡觉,白天上岸游览,中间有一天全在海上,回到热那亚后,又驱车去了瑞士的卢加诺,然后到米兰飞回上海。

挑选这条路线,是因为它比较"冷僻",可以少重复我们到过的欧洲大城市。对于罗马和马赛,书刊上介绍很多,这里就省略了。

热那亚　热那亚是意大利最大的港口。热那亚人认为,哥伦布是 1451 年诞生在热那亚的。在我的收藏中,有 1 枚"外展封",是中国邮票总公司于 1992 年发行的——《中国参加"热那亚'92"世界专题集邮展》,贴 T166《元・青花追韩信图梅瓶》20 分邮票(图 12.1)。封背文字说明:"此次邮展适逢哥伦布发现美洲大陆五百周年,参展国家众多……纪念封图案中的古建筑为北京的鼓楼以及热那亚的劳伦佐大教堂。"

我们匆匆游览了老城。途经劳伦佐大教堂,只见搭着脚手架,正在维修。至于古朴的哥伦布纪念碑,我只能从意大利的极限明信片上欣赏一番(图 12.2)。

图 12.1　热那亚世界邮展

图 12.2　哥伦布纪念碑

关于哥伦布的出生年份与出生地,至今争论不休。有的学者认为哥伦布出生在西班牙,有人甚至说他出生在挪威。无论如何,古代热那亚早就与东方有海上贸易往来。今天我们在这里登上 13.9 万吨的地中海邮轮《珍爱号》,启航时不免颇有感慨。

巴勒莫　巴勒莫是意大利西西里岛区和巴勒莫省的首府。早上 9 时,邮轮缓缓进入歌德所称"世界上最优美的海岬"。历经希腊人、腓尼基人、罗马人、拜占庭人、阿拉伯人、诺曼人、法国人、西班牙人、意大利人的统治,这座拥有 2800 年历史的城市,迎着朝阳,楚楚动人地出现在我们眼前(图 12.3,1961 年圣马力诺极限明信片)。

图 12.3 圣马力诺极限明信片上贴的是 1959 年发行的 1 枚航空邮票,邮票肖像为西西里的费迪南多二世国王。为纪念西西里邮票 100 周年,圣马力诺同时还发行了 7 枚"票中票",主要以西西里的古迹为背景(图 12.4)。这是一套设计与印刷相当精美的"票中

图 12.3　巴勒莫海湾

票"。1959年意大利出品的纪念巴勒莫港100周年极限明信片,则逼真地重现了百年前帆船进出巴勒莫港的情景(图12.5)。

图12.4 西西里邮票100周年

图12.5 巴勒莫港100周年

我们离船上岸,登上大巴,前排站起来一个高大的西西里小伙子,操一口流利的汉语:"我是导游朱赛佩,欢迎大家! 我们先去蒙雷阿莱。"汽车往山坡上跑,蒙雷阿莱是巴勒莫省的一处古城,俯瞰孔卡河谷。建于12世纪的大教堂,将诺曼、拜占庭、意大利和伊斯兰风格融为一体,最有名的是内部镶嵌装饰的宗教壁画,由一群经过拜占庭训练的手工艺人花费10年时间制成。《威廉二世国王向圣母敬献教堂》——我们只来得及摄下教堂外面古拙的雕像(图12.6,林霏开摄),教堂内的精美镶嵌画是何等样的呢？不要紧,我早有意大利1974年邮票的极限明信片(图12.7),反映的是西西里诺曼的镶嵌艺术,另一张是巴勒莫马托拉那教堂里的镶嵌画《基督为威廉二世国王加冕》(图12.8)。

图12.6　大教堂外的雕像　　图12.7　威廉二世国王向圣母敬献教堂　　图12.8　基督为威廉二世国王加冕

漫步蒙雷阿莱的古巷,小摊上到处可见陶瓷工艺品和冰箱贴,有一个怪异的"3足美女"的形象(图12.9),3条弯曲的腿,象征着三角形的西西里岛的3个角,1条腿伸向北方的欧洲,1条腿伸向南方的非洲,还有1条腿伸向东方的亚洲。仔细一看,美女头上缠满了小蛇。原来,她就是希腊神话中的蛇发女妖美杜莎。这一形象源自那不勒斯古代的纹章,1958年意大利和圣马力诺均发行了纪念邮票《那不勒斯邮票100周年》(图12.10—12.11)。从其1858年的原票图案中,可见含"三足美女"形象的纹章。原票图案中的纹章,有圆形、椭圆形、方形、六角形、菱形等不同的边框,刷色变化多端(图12.12,首日封图为三足美女)。

图12.9　三足美女

图 12.10　那不勒斯邮票 100 周年（意大利）

图 12.11　那不勒斯邮票 100 周年（圣马力诺）　　图 12.12　西西里邮票 100 周年首日封

图 12.13　马龙·白兰度饰演《教父》

看过电影《教父》的人都知道，黑手党的老巢在巴勒莫。巴勒莫国际机场被命名为法尔科内-博尔塞利诺机场，这是两个人名的组合。前者法尔科内是意大利大法官、前司法部刑法司长；后者博尔塞利诺是法尔科内的好友。这两位反对黑手党的英雄人物，先后遭到炸弹暗杀。意大利经过 20 多年的残酷斗争，黑手党枭首终于接连落网，社会治安有所改善。《教父》及其主演马龙·白兰度和艾尔·帕西诺，曾多次出现在一些国家的邮票上（图 12.13，吉布提邮票）。

走在巴勒莫的街上，看到路边乱停的车

辆,五彩缤纷的水果摊,各家阳台"万国旗"般晾晒的衣裳,我常联想到上海的旧马路,居民的生活习惯似乎相通。中午,我们在小店里吃到了榛子味特别浓郁的冰激凌。

在地中海,西西里岛位居要冲,历来是兵家必争之地。岛上民风彪悍,1282 年曾发生"西西里晚祷"事件。那是复活节后的星期一,在巴勒莫城外,教堂的一次晚祷时,愤怒的西西里人把一些污辱他们的法国士兵杀死,当夜又屠杀了该城 2000 名法国居民。很快,西西里全境皆叛,导致一场"西西里晚祷"战争(图 12.14,1982 年意大利邮票)。

图 12.14 "西西里晚祷"700 周年

1860 年,意大利民族统一运动的著名领袖加里波第,率领 1000 名志愿者远征西西里(图 12.15,1960 年意大利寄美国首日封),当地民众箪食壶浆相迎,踊跃加入加里波第的队伍,1861 年意大利王国终于宣告成立。

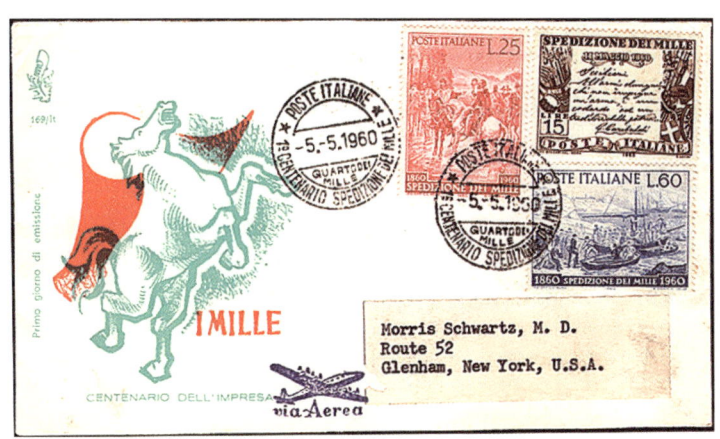

图 12.15 加里波第远征西西里 100 周年

1943 年,作为"二战"的重大一役,西西里登陆战爆发了。英国情报部门实施"肉馅"计划,用假情报成功地转移了希特勒的注意力。7 月 10 日,由蒙哥马利和巴顿分别指挥的 16 万英美军队,分乘 3200 艘军舰,在 1000 架飞机掩护下,从德意防守相对薄弱的西西里岛的西南部和东南部突然登陆。到 7 月 23 日,巴顿率领的坦克师攻占了西北部的西西里首府巴勒莫。盟军横扫西西里的战役至 8 月 17 日结束。盟军共伤亡失踪 31158 人,德意军损失 165000 人,其中包括 132000 名俘虏。墨索里尼被迫下台,意大利退出了战争。从此,德军彻底丧失了地中海的制海权和制空权(图 12.16,1993 年马绍尔群岛邮票,巴顿将军和蒙哥马利元帅)。

图 12.16　西西里登陆战

旅游西西里,旅行者不仅看到了异域美景,心中还不时泛起历史的波涛。

瓦莱塔　迎着黎明的曙光,邮轮悄无声息地进入瓦莱塔港。

瓦莱塔是马耳他的首都,米黄色的城堡堆砌在小岛头上,这里号称"地中海的心脏",自古以来,它的防守固若金汤(图 12.17,1981 年巴黎联合国教科文组织极限明信片。图 12.18,1984 年日内瓦联合国教科文组织极限明信片。图 12.19,2001 年马耳他寄英国邮资明信片)。

图 12.17　瓦莱塔城防要塞

图 12.18　世界遗产瓦莱塔

图 12.19　瓦莱塔景色

2013年的马耳他邮票《欧洲海洋日》,画面恰当地传达出我们进出瓦莱塔港口时的感觉(图 12.20)。

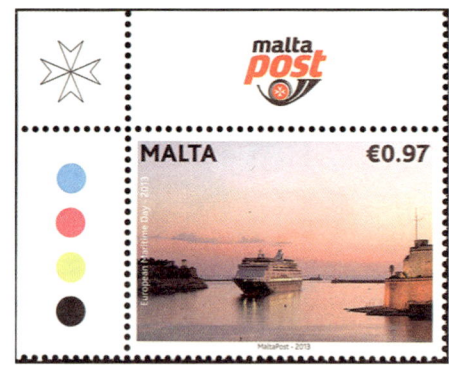

图 12.20　欧洲海洋日

瓦莱塔太美丽了,先看一看岛上俯瞰峡口的那8尊古式大炮吧(图 12.21)。正午刚过,我们来到坡顶,发现那里麇集着各国游客。原来,底下刚刚隆重地放过礼炮。我们在高大的圆拱石墙边小憩,享受阵阵凉爽的海风,耳边似闻五百年前的金戈铁马。

图 12.21　瓦莱塔港口大炮

导游领我们游览了号称"静城"的莫迪纳,狭窄的阿拉伯小巷,每一转弯,都给人带来美的惊喜。回到小广场集合,一个妇女用手推车装着本地的杏子来卖,杏子汁多而甜,大伙争购一空。

然后前往姆斯塔古城,参观了圆顶大教堂,它的无支撑柱的圆顶,在欧洲教堂中名列第三(图 12.22,2001 年马耳他实寄英国明信片)。"二战"期间,德国空军曾轰炸姆斯塔城,炸弹穿过大教堂的圆顶,落到地面,竟然没有爆炸。当时正在向圣母玛利亚跪祷的信徒们,全都安然无恙。事后挖掘出来的一颗炸弹,作为神迹,如今陈列在教堂里(图 12.23)。据说投弹的德国飞行员,战后也曾来这里参观,见到这颗"哑弹",心里五味杂陈。

图 12.22　圆顶大教堂内景

图 12.23　哑弹

图 12.24　三叉海神喷泉

濒临地中海的瓦莱塔,建筑鳞次栉比,巴洛克风格与伊斯兰特色互相交融。当导游带我们离开老城时,我忽然想到,怎么没有看见明信片上的三叉海神喷泉呢?回过身来,啊!就在那里,它在瓦莱塔老城的城门外(图 12.24,马耳他实寄英国明信片,贴 1988 年邮票)。不顾来往车辆,我冲过去拍了两张照片。印象中,海神雕塑古朴而生动,水池周边坐满了休闲的当地百姓。

16 世纪时,圣约翰骑士团从罗得岛移居马耳他,在瓦莱塔建筑了军事堡垒。瓦莱塔的地名,就取自圣约翰骑士团团长 J. P. 德拉·瓦莱塔的姓氏。骑士团驻守了 200 多年,至 1798 年被拿破仑逐出(图 12.25,2016 年马耳他小型张,右侧人物为骑士团团长瓦莱塔,邮票中心图案为骑士团硬币,铸有团长瓦莱塔的侧身像)。19 世纪马耳他成为英国殖民地。1964 年马耳他独立,1974 年成为共和国。

图 12.25　瓦莱塔建城 450 周年

马耳他属于发达国家。由于国民经济增长率远超人口的增长率,马耳他人民的生活水准,居于世界发达国家的前列。现在,马耳他是欧盟、英联邦及申根协定的成员国。瓦莱塔还被欧盟确定为"2018 年欧洲文化之都"。

中国与马耳他于 1972 年 1 月 31 日建立外交关系,2012 年庆祝了建交 40 周年(图 12.26,中国集邮总公司纪念封)。

图 12.26　中国—马耳他建交 40 周年

马耳他骑士团的全称为"耶路撒冷、罗得岛及马耳他圣约翰主权军事医院骑士团",也有简称"医院骑士团"。骑士团构成了一个奇怪的"准国家",被联合国承认为观察员(实体)——不是会员国,也不是观察员国。

这个"准国家"位于罗马孔多迪大街 68 号的马耳他宫,占地 1.2 万平方米,但领土属于意大利。骑士团成员有 1 万多人,分布欧美各地,在马耳他宫里居住的只有几十人。骑士团的口号是"守卫信仰,援助苦难"!团标为 4 个 V 字形组成的十字星,其 8 个顶点象征着:1. 美德;2. 忠心;3. 虔诚;4. 诚实;5. 勇敢;6. 荣耀及荣誉;7. 对穷人和病人施手相助;8. 尊敬教会。

集邮者都知道盖销"黑便士"的"马耳他十字"戳。其实,当年的邮戳设计,参考的是英国都铎王朝的蔷薇花标识,与马耳他骑士团的十字星不相干,与"马耳他"更没有任何关系。"马耳他十字戳"一说,乃集邮者的臆测,以讹传讹,约定俗成(图12.27,2013年马耳他小全张,右上角有马耳他骑士团十字星。图12.28,1990年马恩岛首日封,马耳他十字戳)。

图12.27　2013年圣诞节

图12.28　"黑便士"150周年

爱其"方寸"　我喜爱马耳他邮票,迄今40多年了。1973年,我在上海静工邮市购到一套15枚的马耳他普通邮票,发现它的设计富于特色。一般的普通邮票,"板板六十四"(沪语:老古板),容易使人感觉枯燥,而这套邮票一点也不枯燥。15种图案非常活泼,其中第15枚高值票,还特别放大票幅,比其他14枚"豆腐干"大出三分之一。国名与面值用黑色底,图案用深色底,因而,建筑与人物造型都具有雕塑感(图12.29,1973年马耳他普票中的2种)。当时我在报上发表《普通邮票不普通》一文,主要是受到马耳他和瑞士普票的启发。我还很喜欢马耳他邮票票形的变化。他们利用有限的平面,构图别出心裁,令人耳目一新(图 12.30,1968 年马耳他邮票,五边形对倒双连)。

图 12.29　普通邮票

图 12.30　圣诞节(1968 年)　　　图 12.31　圣诞节(1972 年)

这个小国的大多数人笃信天主教,邮票里似乎有管风琴音乐,有教堂里的圣歌声(图 12.31,马耳他小全张。图 12.32,马耳他邮票)。

图 12.32　圣诞节(2004 年)

2008年,马耳他发行了北京奥运会纪念邮票,全套3枚(图12.33)。

图 12.33　2008 年北京奥运会

在瓦莱塔市中心,我偶然发现了马耳他的邮局,门面小巧,设施简洁,这里出售本国的邮票年册,并提供各种邮政服务(图 12.34,林霏开摄)。免费的新邮预报印刷漂亮,介绍翔实(图 12.35,新邮预报,2016 年里约奥运会)。

我们在地中海上度过了中秋节。9 月的地中海十分平静。"海上生明月,日出火凤凰"——此可谓海上巡游的写照(图 12.36,1997 年乌拉圭邮票)。

巴伦西亚　中秋节当天来到地中海边的巴伦西亚,它是西班牙的第三大城市。1936—1939 年西班牙内战,弗朗哥带领叛军,从这里北上攻击共和国政府军,政府军最终溃败的战场也在这里。

图 12.34　马耳他邮局

图 12.35　新邮预报

图 12.36　日出

　　Valencia 不应译为"瓦伦西亚",原因是西班牙文每逢 V 在字首,发音为 b。还有人解释,拉丁文原为 Valentia,意即"强壮",经过音变,V 读为 b。反正,权威的《不列颠百科全书》,汉译也用"巴伦西亚"。

　　巴伦西亚的城市建筑,既保持传统,又引领时尚,令全世界刮目相看。

　　老城区保留中世纪的风貌,有"百座钟塔城"之称。代表性建筑是巴伦西亚大教堂和米格莱特钟楼(图 12.37,趣味明信片,贴巴伦西亚 25 分地方附加票,图为巴伦西亚大教堂米格莱特钟楼,又贴 70 分西班牙邮票,图为萨莫拉杜罗河上的旧桥,以 1966 年 2 月 21 日集邮纪念戳盖销,明信片黑色素描的钟塔上,画了 12 枚绿色的巴伦西亚附加票)。大教堂是在一座清真寺的基础上改建的,3 个大门分别为罗马式、巴洛克式、哥特式,体现了兼收并蓄的过程。钟楼为 8 边形,高 60 米,在老城广场的各个方位,都能看到它。

图 12.37　米格莱特钟楼

巴伦西亚是古代海上"丝绸之路"经过的重要港口,当年的丝绸交易厅建筑,保存完好(图 12.38,1998 年西班牙邮票)。

图 12.38　丝绸交易厅

"一方水土养一方人",巴伦西亚的天才建筑师在地中海边建造起一座艺术与科学新城。他们恣意发挥艺术想象,现代技术与自然环境有机融合,令大家赞不绝口。

图 12.39　巴伦西亚邮展·艺术与科学新城

1991 年,由巴伦西亚的女市长最终决策,要在古老的旧城之外,建一处新城(图 12.39,2004 年西班牙小型张)。他们邀请本地出生的设计师圣巴耶哥·卡拉特拉瓦回到家乡,经过工程团队 14 年的努力,终于在图里阿河干涸的河床上,建成了新城的核心建筑。水——是布局的主要元素。一眼望不到边的蓝色建筑,仿佛"漂浮"在水上。有的像巨大的鱼骨,有的像蚌壳。天文馆如同凝视城市的"眼睛",薄壳结构包裹着"眼帘"的上部,弧形玻璃宛若"睫毛"。长 110 米、宽 55.5 米的玻璃立面,可以全宽度开合,在水面上,造成"眼睛"

任意开闭的效果。这"眼睛"的"瞳孔",是一座圆球形的 IMAX 影院。水池拥抱着天文馆,"鱼骨"将新城建筑无限扩张。水族馆、歌剧院、图书馆、演讲厅、餐厅……地上地下,变幻多样。四方来客到此都陶醉在水天光影之中。

我们的导游开口闭口"欧洲经济下滑,生活水平下降";我却常常回想上海。中国人如今不缺造房子的钱,缺的是石破天惊的想象力和决策力。什么时候能把西班牙建筑的开创性学到手,也在黄浦江边造一座艺术与科学的新城呢?

卢加诺 经停法国马赛港后,载我们巡游了一星期的"珍爱号"邮轮,返回到热那亚,我们告别这海上"巨无霸",还有一段"陆上游"的尾声。汽车越过意大利边界,来到瑞士的著名旅游城市卢加诺。

卢加诺——从邮票上久仰大名了!1938 年瑞士全国邮展小型张,是我珍爱的藏品(图 12.40,1938 年瑞士挂号实寄封),该邮展于 1938 年 9 月 17—25 日在瑞士北方的阿劳市举行,小型张含 2 枚相同的普票,图案为南方的卢加诺湖,另含一枚加盖改值航空邮票,图案为希腊神话中的飞人伊卡洛斯。

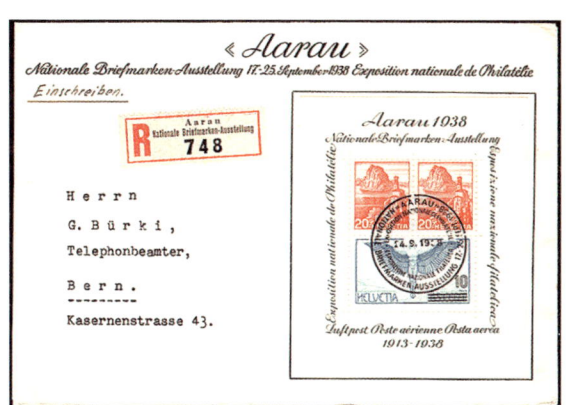

图 12.40　全国邮展·航空邮政 25 周年

卢加诺洋溢着意大利风味。明镜似的湖面上,有馒头模样的小山突兀而起。卢加诺湖分属瑞士与意大利。20 世纪初的一张明信片,展示了湖与水坝(图 12.41)。1949 年的瑞士邮票,再现了湖与水坝(图 12.42)。2014 年的瑞士邮票告诉我们,瑞士的卢加诺、琉森、圣加伦,都已被评为世界遗产(图 12.43—

12.45）。（顺便说一句，琉森那枚邮票的图案，采用游客相机自拍的镜头，别具一格，十分新鲜。）

图 12.41　卢加诺湖和水坝

图 12.42　卢加诺湖和水坝

图 12.43　世界遗产卢加诺

图 12.44　世界遗产琉森

图 12.45　世界遗产圣加伦

卢加诺使我领会到当地市民生活的精致。我们进到一家1801年开设至今的咖啡馆。"卡布奇诺!"我假装熟练地招呼伺者。很快,端来了泡沫美、香喷喷的意式咖啡,小碟子像一叶扁舟,在咖啡杯的旁边,还有一只腰鼓形的小玻璃杯,内盛极其纯净的清水,供品尝咖啡前后润口。我们要的栗子蛋糕,如同洛可可工艺品,裱花精美,令人不忍下勺。邻座一位女子,端着一本书,隐含善意的微笑,悄悄瞟一眼我们这对东方来的老人(图12.46—12.47,瑞士邮资明信片)。

图 12.46　卢加诺风光(2011年)

图 12.47　卢加诺风光(2014年)

米兰 归程仍是从意大利米兰登机。领队建议：好多朋友没来过意大利，是否趁时间有空，顺道看一看米兰大教堂？大家签字表示同意。我们虽然是旧地重游，也决定随大流。

啊，何等辉煌的米兰大教堂！人们惊叹在米兰市中心出现这样一座"大理石山"。马克·吐温赞美它是"大理石的诗"。米兰大教堂于1386年开工，1500年建成拱顶，1774年中央塔上的镀金圣母玛丽亚雕像就位，1897年大体完工，而5扇铜门中的最后1扇，直到1965年才安装完毕，全部工程历时5个世纪。

米兰大教堂又称多姆主教堂，其规模仅次于梵蒂冈圣彼得大教堂，居世界第二。米兰大教堂最大的特点是尖塔林立，共有135个尖塔，英国小说家劳伦斯打趣说它"活像一只刺猬"。尖塔最高处达108.5米。哥特式风格的尖塔林，造成一种向上升腾、奔向天国的幻境。我觉得，表现米兰大教堂最好的邮品，是1996年意大利发行的小本票（图12.48，意大利小本票内页，含8枚邮票）。

图12.48 米兰世界邮展

米兰大教堂的大厅长130米，宽59米，可容纳35000人同时礼拜。大厅最高处离地45米，1.4万吨重的拱形屋顶，由4根高40米、直径10米的大柱和12根高25米、直径3.5米的小柱承托；柱与柱之间用金属杆件拉结，形成5道走廊。教堂内外共有6000多座雕像，在各国教堂中为数最多。正中最大的铜门，描绘圣母玛丽亚的一生,铜门完成于 1906 年,重 37 吨。大教堂的玻璃窗也是各国教堂中最大的,每扇高 20 米,共 24 扇。4 座大管风琴,共有 180 个调音器,13000 根音管,声音雄伟深沉,悦耳动听。教堂内有 6 处石梯,徒步 920 级,可以登顶;另外还有 2 部直达电梯。教堂顶上有 140 个大理石支架,纵横交错 33 座石桥,《圣经》故事的浮雕无处不在。从屋顶可以俯瞰米兰全市风光。圣母玛丽亚铜像高 4.2 米,覆盖着 3900 片金片,在阳光下熠熠生辉。传说屋顶藏有 1 枚钉死耶稣的铁钉,神父每年要将铁钉取下,让信众朝拜 3 天。为此,画家达·芬奇发明了升降机。

在米兰大教堂正中铜门的上方,镌刻着这样的话:"娱我心神者必定短暂,扰我心智者不会久长,只有永恒才值得追求。"

许多精彩的细节,我们来不及细看,只能留待下回了。

旅游或"旅邮",就是如此:只有开始,永无终止。

13 "火药桶"旁匆匆过

巴尔干地区被称为欧洲的"火药桶",历史上战争不断。第一次世界大战的导火线在这里点燃。1992—1995 的三年波黑战争,死亡 20 万人,200 万人流离失所。1999 年科索沃战争,以美国为首的北约连续轰炸南斯拉夫联盟 78 天,令 1800 人死亡,6000 多人受伤。美国军机还用精制炸弹袭击了在贝尔格莱德的中国大使馆,炸死 3 名中国记者,使馆许多人员受伤。巴尔干地区民族与宗教的矛盾错综复杂,而战火不绝的深层次原因,是发达大国的政治干预与利益博弈。

进入 21 世纪的相对和平时期,我们曾两度来到巴尔干地区,足迹遍及每一个国家的主要城市。这种旅行带有考察的性质,尽可能近距离地接触当地不同信仰的居民,体会他们的生活习惯与喜怒哀乐。行前与事后,我不忘收集并琢磨他们的邮票、邮品。唯有身临其境,纸面的东西才会产生栩栩如生的立体感,我才约略地领悟了那些邮票设计家的所思所想。

近年来,国内去巴尔干猎奇的游客渐渐多了起来,富裕的斯洛文尼亚往往是必到之处,而第一个聚集地,常常是首都卢布尔雅那的三重桥。我想,就从三重桥开始落笔吧。

三重桥 斯洛文尼亚宁静、富饶、美丽。这个国家的森林覆盖率接近 50%,人均收入在世界排名第 36(中国为第 73)。首都卢布尔雅那,以石头铺砌的圆形广场为中心,正对着粉红色的圣弗朗西斯科大教堂,著名的三重桥横跨卢布尔雅那河(图13.1—13.2)。桥上天天有人在拉手风琴,水面不时有游船悄无声息地划过。第一重的拱桥初建于13世纪;19世纪末地震后,修复为白色石桥。后来,交通日益繁忙,该桥不敷应用,1931年,由建筑师约热·普雷奇尼克设计,在主桥两侧增建了两座人行桥。从此,三重桥成为举世闻名的景点。

图13.1　三重桥(邮票)

图13.2　三重桥(明信片)

在桥堍,沿河开设了餐厅与咖啡馆,岸上还有一排小摊,出售手工制作的玻璃器皿、藤柳筐篮、蕾丝编织、民间玩具,以及花样繁多的旅游纪念品。

从桥上,可以遥望山顶的古老城堡和哥特式尖顶教堂,圆形广场中间,矗立着诗人普列舍伦在天使庇护下的青铜雕像。据说斯洛文尼亚的国歌用的就是普列舍伦的诗句:"当太阳升起来的时候,战争从这个世界上消失,每个人都是自由的同胞……"

徜徉于三重桥附近,无论当地居民还是外来游客,都是那么悠闲,步履从容,语气和蔼,人与人之间充满了善意。我觉得三重桥边的祥和气氛,是对巴尔干"火药桶"的历史性逆反。很难理解在如此优美的环境下,为什么还有人要竭力挑拨民族关系,刻意制造混乱、恐怖与战争恶行。

布莱德湖 布莱德湖被喻为"阿尔卑斯山的眼泪""巴尔干的绿宝石",这里,确实美若人间仙境(图 13.3,左为 1980 年南斯拉夫实寄英国明信片;右为 1984 年南斯拉夫实寄英国明信片)。

图 13.3 布莱德湖

几年前我们初访斯洛文尼亚时,行程不达布莱德湖。我们曾从电视上看到,当地的市长陪着中国中央电视台的记者,游湖并登上了湖心小岛。那位市长是那样热衷于自己的"导游"角色,言谈之间充满了自豪,仿佛保护与推介这处锦绣河山,就是他作为市长的首要职责。怀着多年的向往,2017 年,我们选择了特定的旅游路线,终于从意大利来到斯洛文尼亚的布莱德湖边。

登上湖边山顶的古堡（德皇亨利二世于1004年建造），眼前出现的就是明信片上的锦绣景致。湖水碧绿而纯澈，四周浓密的树林，围绕着天然镶嵌的"绿宝石"——湖心小岛，岛上教堂的红色尖顶，在艳阳下闪闪发光。这是一幅人工难以复制的天然图画，恍惚可以感觉造物主神奇的创造之手。(图13.4，2010年从斯洛文尼亚寄往中国广州华南师范大学高校教师村的明信片，寄件人写道："布莱德湖的岛上，教堂里有一口许愿钟。如果您敲响它并且许个愿，您的愿望就会实现。")

图13.4　斯洛文尼亚寄中国明信片

布莱德湖离首都卢布尔雅那55公里，是一处冰川湖，宽180—500米，最深处30米，夏季是避暑胜地，冬季是良好的溜冰场。湖心小岛高出水面40米，岛上的圣母玛丽亚教堂里，有一座重达178公斤的大钟，称为"许愿钟"。传说修建教堂时，还有一座大钟从船上掉入湖底，至今夜间常有钟声从湖底隐隐传出。迷人的布莱德湖，还流传着许多有关爱情的民间故事。

2011年，世界赛艇锦标赛在布莱德湖举行，斯洛文尼亚发行了纪念邮票(图13.5，带有赛艇图纸边)。斯洛文尼亚全民喜爱体育，发行体育邮票很多。2015年，世界田径锦标赛在北京举行，有200多个国家的2000多名运动员参加竞逐47个项目。中国发行了JP201纪念邮资明信片，而斯洛文尼亚发行了纪念邮票，图案以蓝、绿两种线条，交叉勾勒出运动员强劲的身姿(图13.6)。

图13.5　世界赛艇锦标赛

图 13.6　北京世界田径锦标赛

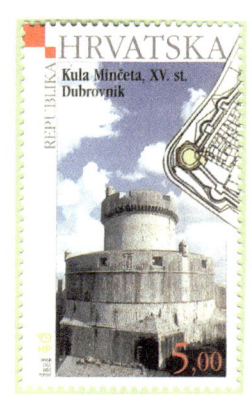
图 13.7　杜布鲁夫尼克古堡

海风琴　克罗地亚的世界文化遗产很多,如堡垒式的杜布鲁夫尼克古堡(图 13.7,2003 年克罗地亚邮票。图 13.8,克罗地亚明信片),在面临大海的悬崖上,绕城的白色城墙长达 1940 米,城内古迹林立。又如斯普利特老城,也是旅游者必去之地(图 13.9—13.10,1995 年克罗地亚小型张与三连邮票。图 13.11,2014 年克罗地亚极限明信片。图 13.12,2012 年克罗地亚邮票)。还有扎达尔古城,从罗马时期直至意大利文艺复兴风格的建筑,保存非常完好,展现了一卷活生生的欧洲文明发展史(图 13.13,1993 年克罗地亚邮票。图 13.14,1917 年克罗地亚军邮实寄明信片。图 13.15,克罗地亚老明信片)。

图 13.8　鸟瞰杜布鲁夫尼克

图 13.9　斯普利特老城

图 13.10　斯普利特景观

图 13.11　斯普利特教堂大门

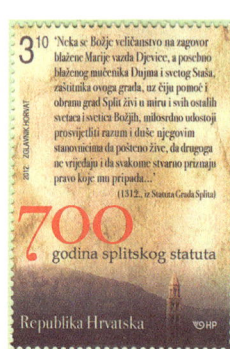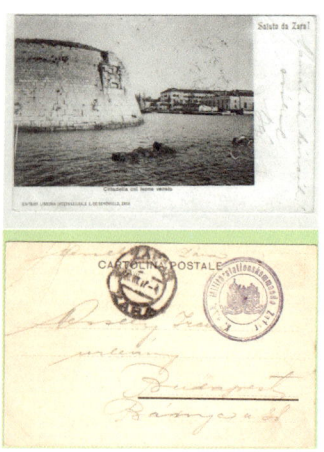

图 13.12　斯普利特自治 700 周年　　图 13.13　扎达尔古建筑　　图 13.14　扎达尔港

图 13.15　扎达尔古城门

最了不起的一点，克罗地亚人并不成天躺在古迹上吃老祖宗的饭，而是紧跟时代潮流，利用现代科技积极创新。海风琴即为一例。

扎达尔是亚得里亚海的港口城市，每天傍晚，海上落日气象万千。好莱坞导演希区柯克曾来此拍摄电影，他说，扎达尔有世界上最美的落日。扎达尔海滩边,天天有许多本地居民和外来游客,耐心地等待观赏夕阳和晚霞。

2005年,由建筑师尼古拉·贝西克和石雕家戴尔曼申设计,扎达尔市在海边建造了令人惊叹的"海风琴"——在7排长达70米的白色台阶(代表7个音阶)的混凝土里,埋进了35根直径不同的聚乙烯管,外有长方形的通风孔。每当潮起潮落,波浪对空气形成压力,管道里就会因振动而发出高低不同的声音,就这样,大自然奏起了生生不息、变幻莫测的交响乐。

在大石阶的尽头,还建起一座神奇的太阳纪念碑("向太阳致敬"),标志着人类与太阳的对话。它的设计灵感,来自一部1292年描述太阳的古天文书。纪念碑呈圆形,紧贴地面,直径达22米。它由300个太阳能电池模块组成,在电池的另一侧有1万个LED节能灯。白天,纪念碑吸收太阳能,不怕踩踏,不妨碍过往行人。晚间,圆形地面就发出奇异的光彩,还提供能量,点亮了海风琴周边的街灯。

2016年克罗地亚发行一套2枚邮票和小版张,再现了扎达尔海风琴的长台阶以及太阳纪念碑(图13.16—13.19)。还有一张明信片,汇聚了扎达尔的主要景点(图13.20,左上角古建筑,右上角港口,左下角太阳纪念碑,右下角海风琴)。

图13.16　海风琴

图13.17　太阳纪念碑

图 13.18　海风琴（小版张）

图 13.19　太阳纪念碑（小版张）

　　静静地坐在扎达尔古城外的大石阶上，面对亚得里亚海的落日与晚霞，聆听海风琴深沉的吟唱——这是我们难以忘怀的记忆。这里的景观设计获得了全世界的赞扬，但建筑师尼古拉·贝西克在诠释太阳纪念碑时很低调，他说："没有什么是新的，唯一的改变是它的应用，在数百名过路人的脚下。"

图 13.20　扎达尔风景

图 13.21　阿尔巴尼亚国旗

　　双头鹰　阿尔巴尼亚的国旗，是红底子上的黑色双头鹰（图 13.21，阿尔巴尼亚邮票）。双头鹰作为国家的象征，在邮票设计中屡屡出现（图 13.22，阿尔巴尼亚邮票）。

图 13.22 "二战"中赢得自由 65 周年

双头鹰的标识,在欧洲多见。俄罗斯、奥地利等国历史上都用双头鹰象征自己(图 13.23)。苏联解体后,俄罗斯恢复了使用双头鹰为国徽。

图 13.23 俄国在华客邮小版张

据说,双头鹰图案起源于拜占庭。延续千年的东罗马帝国,既野心勃勃向东扩张,又虎视眈眈于西方乃至非洲。因此,一个鹰头不够,必须生出左、右两个头来。

最早的阿尔巴尼亚邮票出现在 1913 年,双头鹰图案与阿尔巴尼亚国名,加盖在土耳其邮票上(图 13.24)。

图 13.24　1913 年阿尔巴尼亚邮票

对于双头鹰,阿尔巴尼亚自有解释。他们自诩为"山鹰之国",独立悬崖、翱翔蓝天的山鹰,意味着自主与自由。在民族英雄斯坎德培的盾牌上,就镶有双头鹰的徽志(图 13.25,1937 年阿尔巴尼亚小全张)。

图 13.25　独立 25 周年　　　　图 13.26　斯坎德培(错体票)

阿尔巴尼亚首都地拉那的广场上,矗立着斯坎德培的骑马青铜像,阿尔巴尼亚乃至整个巴尔干半岛的阿族人,都视这位中世纪末的民族英雄为偶像(图 13.26—13.28)。斯坎德培(1405—1468 年)出生于阿尔巴尼亚北部,是埃马提亚大公的儿子,早年作为人质羁留土耳其,皈依伊斯兰教。他在土耳其受教育,并担任了官职。1443年土耳其人在塞尔维亚战败后,斯坎德培转而参加了阿尔巴尼亚人抗击土耳其的军队,改信基督教。1444年,阿尔巴尼亚王公联盟成立,斯坎德培担任最高统领。此后22年间,他的军队击退了土耳其人的13次进攻,斯坎德培成为战无不胜的传奇英雄,教皇加里斯都三世赐予他"教廷将军"的称号。1463年,斯坎德培又协助威尼斯进攻土耳其人。在他去世以后,土耳其军队攻占了阿尔巴尼亚,从此奴役阿尔巴尼亚达几个世纪之久。大多数阿尔巴尼亚人在威逼与利诱下,放弃基督教,变成了伊斯兰教徒。

图 13.27　斯坎德培(极限明信片)

巴尔干地区有一种奇特的现象:在某个以天主教或东正教为主的独立的国家里,某些地方(穆斯林聚居区)竟然不挂本国的国旗,而挂的是阿尔巴尼亚国旗。我们的汽车从公路上开过,屡次发现某些村庄的屋顶上,飘扬着红底子、黑色双头鹰的阿尔巴尼亚国旗,而这里距离"山鹰之国"有好几百公里!没有人干涉这种现象。有些城市的公共场所,还树立着斯坎德培的青铜雕像。

可见,阿尔巴尼亚虽然是一个小国、穷国,在巴尔干地区的影响却不可小觑。

过去,当阿尔巴尼亚尚属社会主义阵营时,国旗的双头鹰之上附加有一颗镂空的五角星,这在我国邮票上也可看到(图 13.29—13.30)。1982 年联合国发行的阿尔巴尼亚国旗邮票上,这颗镂空五角星也很明显(图 13.31,联合国首日封)。苏联解体以后,阿尔巴尼亚国旗上的这颗五角星就消失了(图 13.32—13.33)。

图 13.28 斯坎德培逝世 500 周年

图 13.29 阿尔巴尼亚劳动党成立 30 周年　　图 13.30 阿尔巴尼亚解放 20 周年

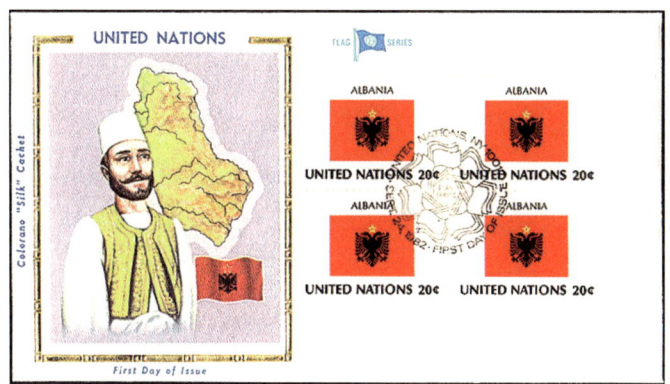

图 13.31 联合国首日封

图 13.32 阿尔巴尼亚国旗（2002 年）

图 13.33 阿尔巴尼亚国旗（2014 年）

正在积极推进与各国文化交流的阿尔巴尼亚，邮票设计有许多新的变化。这里试举数例。

1996 年阿尔巴尼亚发行一套 2 枚邮票与小型张，纪念西班牙画家戈雅诞辰 250 周年（图 13.34）。邮票复制了戈雅的名画《裸体的玛哈》和《冬妮娅·伊萨贝尔·柯尔波·德·苞赛尔肖像》。前者曾在 1930 年被西班牙搬上邮票，令当时的保守人士瞠目结舌；如今，阿尔巴尼亚也表明其"国家名片"不受羁绊。而小型张则恰当地选择了戈雅自画像及其晚年"黑色绘画"的代表作。

图 13.34　戈雅诞辰 250 周年

2002 年阿尔巴尼亚又发行一种小型张，属于欧罗巴系列，图案为小丑（图 13.35）。小丑手里拿一张海报，海报上印的，是法国印象派画家修拉 1891 年的名作《马戏团》，这幅画藏于巴黎卢浮宫，法国的绘画系列邮票 1969 年曾复制过它（图 13.36）。

图 13.35　小丑　　　　　图 13.36　《马戏团》

2008年,阿尔巴尼亚发行了北京奥运会纪念邮票(图 13.37)。足球、水球、田径、自行车4项竞赛,分别登上4枚邮票,设计风格与"京"字的会标很统一,这套邮票不仅配合奥运宣传,也传递了"山鹰之国"对中国人民的情谊。

图 13.37　北京奥运会

争议　过去马其顿在联合国的席位,名字不寻常,叫作"前南斯拉夫马其顿共和国"。这是因为,希腊坚决反对邻国独用"马其顿"的名称。希腊认为,历史上的亚历山大大帝,虽然出生在马其顿,但他创立的拜占庭帝国的地域,却远远超出现代马其顿的范围。希腊的北方州就以马其顿命名,如果承认了马其顿共和国，就无法遏制北方州的分离倾向。所以，必须给马其顿共和国套上"前南斯拉夫"的前缀。而马其顿政府在外交上我行我素，有一百多个国家与"不加前缀"的马其顿正常交往，包括中国在内。希腊与马其顿的争议无休无止，直到 2019 年 1 月，尘埃方始落定，马其顿改国名为"北马其顿共和国"。

1991 年马其顿独立后，曾采用古老的维伊纳太阳图案的国旗（红底子上，一颗太阳发出 16 道光芒）（图 13.38—13.39），这也引起希腊的抗议，因为该图案起源于古希腊的马其顿国，并与如今希腊北方州的州旗相同（图 13.40）。1995 年，马其顿不得不将国旗改为红底子上一颗金色的太阳，发出八道粗粗的光芒（图 13.41，2003 年中国纪念封。图 13.42，2017 年马其顿邮票。图 13.43，2013 年马其顿邮票）。

图 13.38　1992 年马其顿国旗

图 13.39　1992 年马其顿首日封

图 13.40　1994 年希腊邮票

图 13.41　中国与马其顿建交 10 周年

图 13.42　马其顿邮票

图 13.43　马其顿与中国建交 20 周年

劫后重生　马其顿三分之一人口居住在首都斯科普里,而这里属于地震带。公元518年的大地震,几乎将城市夷为平地,仅留下一些罗马建筑的废墟。1963年又发生大地震,全市80%的建筑被毁,死亡1000多人,10余万人无家可归,1200人造成终生残疾。斯科普里中央火车站的遗址,已被辟为地震纪念馆,外墙上残留的一口时钟,永远停止在1963年7月27日5时17分。那是地震开始的一刹那,其后3小时余震不断,造成极大的破坏(图13.44,南斯拉夫和马其顿邮票)。

图 13.44　斯科普里大地震

由联合国牵头,各国对灾难深重的马其顿人民施以援手。斯科普里的重建,成了世界性的实验大工地。日本建筑师丹下健三(1913—2005 年)(因设计 1964 年东京奥运会主会场代代木体育馆和广岛和平纪念公园而闻名)领衔主持重建规划。其后,奥地利建筑师米亚尔科维克·佩奇参与进来,"斯科普里 2014"方案进程加快。而今,涌现在我们眼前的,是一座规模宏伟、气势浩荡的新巴洛克风格的城市。到处是喷泉,到处是青铜雕像,既彰显崇拜上帝、先祖、英雄、雄狮,也赞颂哺育幼儿的伟大母性。凯旋门、博物馆、歌剧院、高等学府、文化中心、中央邮局、财政部、停车库……一幢幢高楼大厦拔地而起,高大的梁柱复活了罗马时代,现代架构的艺术桥,栏杆上三步一个立像,宛若圣贤纷纷下凡。横跨瓦尔达河的大石桥,居于斯科普里市的中心(图 13.45,2012 年马其顿小型张)。桥北是老城(赛尔地区),桥南为新城(辛塔尔地区)。大石桥长 214 米,有 12 个桥拱。它始建于拜占庭末期(1451 年),如今整修一新。

图 13.45　大石桥

图 13.46　亚历山大三世像

对于政府大搞"面子工程",马其顿国内颇多抗议之声,有人还往耗资 440 万欧元的凯旋门上泼漆。据我观察,广场上的青铜雕像堆砌过多,确有拔高历史的浮华气息。有的本土专家批评斯科普里的重建"媚俗粗劣",把首都"游乐园化",雕像突出民族特色不够。

可能由于存在争议,马其顿邮票反映新城建设的画面不多(好几套建筑邮票,都是描绘古屋遗址或特色民居)。找了半天,在 2012 年马其顿发行的欧罗巴·旅游系列邮票中,找到一枚年青的亚历山大三世骑马像邮票(图 13.46)。众所周知,斯科普里最重要的雕像是亚历山大三世的骑马青铜像,它坐落在大桥南岸的中心广场上。这位旷世英雄曾率领龙骑兵,连续十年征战四方,所向披靡,建立起横跨欧、亚、非三大洲的拜占庭帝国(即东罗马帝国)。雕像由马其顿艺术家瓦伦提那·斯特凡诺夫斯卡创作,他也是首都凯旋门("马其顿门")的设计者。不知有意还是无意,票幅很小的马其顿邮票,把亚历山大三世的雕像暗暗地置于一角,没有突出他顶天立地的气魄。

壮丽的黑山 "黑山"的国名,一度汉译成"门的内哥罗"。这是怎么回事呢?原来,门的内哥罗是 Montenegro 的音译;这个词可分 2 段,Monte(山)、Negro(黑人),意译就成了"黑山"了。

赫赫有名的铁托,过去就在这一带的深山老林里打游击。"二战"临近尾声,不待苏联红军打过来,铁托领导的游击队就从纳粹魔爪下解放了家乡。巴尔干人民就有这样一种自强不息的战斗精神。

我们的大巴行进在公路上,有时从黎明转到漆黑,一天也转不出深山老林。有个开玩笑的说法:上帝创造世界时,把最后剩下的泥土和石块,扔到巴尔干半岛的西部,于是就形成了黑山(一说形成了阿尔巴尼亚)。

大山,大山,蓝天白云,雪峰冰川,这是一个何等壮丽的国家啊(图 13.47,邮票背面印有诗句,带背胶。图 13.48—13.49,壮丽河山)。

图 13.47　意占门的内哥罗邮票

图 13.48　黑山小全张(2010 年)

图 13.49 黑山邮票(2011 年)

图 13.50 科托尔港

我们留宿在雪山高坡的杜米托尔国家公园,这里被联合国教科文组织评为世界自然遗产,空气极其新鲜。在那里,人有一种飘然天外的感觉。

不要以为黑山只有山,这个小国家又有很长的海岸线。亚得里亚海的波浪,曾将我们的邮轮带向黑山的科托尔港。9万多吨的大船可以直接靠岸,可见水有多深,上岸后立即步入可以尽情游览的千年古城(图 13.50,1910 年奥匈帝国实寄明信片。图 13.51,南斯拉夫明信片。图 13.52,2004 年黑山邮票)。黑山还有风光无限的黑湖,水景

图 13.51　科托尔古城

图 13.52　科托尔城堡

图 13.53　黑湖

楚楚动人(图 13.53,2009 年黑山邮票)。

　　黑山的国旗,是红底色,金色双头鹰,顶上有皇冠,鹰的胸部盾徽上,有一只迈步的雄狮。2016 年黑山与中国建交 10 周年,黑山邮票巧妙地将两国的红色国旗融为一体,以展示两国之间的友谊(图 13.54,黑山邮票)。

　　进入波黑　我们的旅程在继续。翻山越岭,奔向大海;千转百回,前往波黑。我不禁想起邮册里收藏的一张 1983 年南斯拉夫极限明信片《波黑第一条现代邮政汽车公路开通 80 周年》(图 13.55),邮政是人类文明与进步的沟通者、促进

图 13.54 中国与黑山国旗

者,集邮者应当重视收集历史的证物。细看这张明信片的邮票,有一把弯弯的古老邮号,不知经何人之手,将它高高地紧系在悬崖峭壁之上。

图 13.55 波黑邮政公路 80 周年

图 13.56 波黑战争(伊朗)

波黑战争熄火以后,人们心理上的阴霾很久很久难以消散(图 13.56,1992 年伊朗邮票)。

1997年,克罗地亚曾发行1枚高面值的反映波黑战争的大型绘画邮票(图13.57),图案中裸奔的小女孩,明显袭用了美联社的越战照片《战火中的女孩》(图13.58)。(1972年6月8日,一架南越飞机误将汽油燃烧弹投向南越军队与平民,惊恐万状的孩子沿着公路逃跑。美联社摄影师黄功吾拍下了这张照片。照片中裸奔的女孩才9岁,名叫潘金淑。照片控诉了战争给人类带来的极度恐怖与巨大痛苦,发表后激起美国国内更大的反战浪潮,终于"提前6个月结束了越南战争"。)

图 13.57 波黑战争

图 13.58 战火中的女孩

波黑战争在1995年停止以后,波黑的政体很特别:穆族(信仰伊斯兰教)、塞族(信仰东正教)、克族(信仰天主教)三方的头面人物轮流担任总统。在波黑,存在3个相对独立的邮政系统:总部位于萨拉热窝的波黑邮政(属于穆克联邦),邮票标注拉丁字母的波黑国名;总部位于巴尼亚卢卡的塞族共和国邮政,邮票标注西里尔字母的塞族共和国国名,从2005年起又加注波黑国名;总部位于莫斯塔尔的克族邮政,邮票标注波黑国名和HP Mostar。上述不同系统的邮票,角落里还加印一些小标记(有时有,有时无),如箭头、小信封、弯弯扭等。

这种状况也许给集邮者增添了辨别的异趣,可对于一个完整的国家来说,总是暴露出它的不稳定性。

莫斯塔尔老桥　位于莫斯塔尔市中心、横跨奈莱特瓦河的莫斯塔尔老桥,是一座高高耸起的单孔石桥。桥宽4.55米、长27.34米,拱顶与水面的距离为29米,桥的两端各有1座石砌的桥头堡。该桥始建于1566年,在1993年波黑战争期间被炸毁,进入新世纪后,花了3年时间重建(利用原桥残留部分,以及从河底与邻近地区挖掘的石料),于2004年竣工。

该桥被评定为世界文化遗产。桥下的街道十分狭窄,用河底的大卵石铺路,小店鳞次栉比,商品琳琅满目,具有浓郁的地方风味。奈莱特瓦河潺潺流过,卵石滩上挤满了拍照的游客。对岸有土耳其式的石屋,一家连着一家,有的墙上密布弹孔,已经人去楼空。由于桥拱高,河水深,每天有跳水表演。有人骑在桥栏杆上,吆喝收钱,一旦凑满数额,就派人出场。桥面每隔两步,砌有低低的隔道,起到防滑、借力的作用。这种"皱隔桥面",古往今来比较少见。

桥头小铺里,炮弹筒、子弹壳改制的工艺品和玩具,堆积如山,令人联想起那场残酷的战争。

早在1906年,奥地利占领的波黑曾发行过一套16枚邮票,其中包含1枚莫斯塔尔老桥(图13.59)。1942年,德占区1枚邮票印样(未采用设计图稿),留下了当年莫斯塔尔老桥的模样(图13.60)。1966年,南斯拉夫为莫斯塔尔老桥400周年发行了纪念邮票(图13.61),邮票上印有"1566—1966"字样。1995年,波黑发行《桥梁绘画》邮票,全套5枚中有一枚莫斯塔尔老桥,小字标明"1566—1993",反映出古桥被炸毁前宁静平和的环境(图13.62),画面左下角,有居民宅中的剩水,不停地贯入河里。1995年,意大利发行了波黑莫斯塔尔老桥的纪念邮票,邮票图案中,老桥两端各画1座塔楼——屋顶有新月的清真寺和屋顶有十字架的天主教堂,意味着桥梁两边的穆族与克族,恢复了和平的关系,而欧盟的旗帜在上方庇护他们。明信片展示了老桥重建后游人如织的景象(图13.63)。

图 13.59　莫斯塔尔老桥(1906年)

图 13.60　莫斯塔尔老桥(1942年)

图 13.61　莫斯塔尔老桥 400 周年

图 13.62　莫斯塔尔老桥绘画

图 13.63　莫斯塔尔老桥（意大利极限明信片）

2004 年波黑发行了一种精美的莫斯塔尔老桥异形小型张。它含 2 枚邮票，小型张像屏风一样，巧妙地折叠后，展示出一幅古色古香的老桥照片（图 13.64）。同年，克罗地亚也发行了邮票，纪念莫斯塔尔老桥的重生（图 13.65）。2005 年，波黑一套 4 枚的风景邮票中，又包含一枚莫斯塔尔老桥（图 13.66）。2012 年，波黑邮票再次展示莫斯塔尔老桥如诗如画的美丽景色（图 13.67）。

图 13.64 莫斯塔尔老桥（异形小型张）

图 13.65 莫斯塔尔老桥（2004 年）

图 13.66 莫斯塔尔老桥（2005 年）

图 13.67 莫斯塔尔老桥（2012 年）

萨拉热窝事件 老年人都知道故事影片《萨拉热窝谋杀事件》，讲的是 1914 年塞尔维亚爱国青年普林西普，在萨拉热窝拉丁桥北侧，刺杀奥地利皇储斐迪南夫妇，从而诱发第一次世界大战的故事（图 13.68，电影海报。图 13.69，1917 年奥匈帝国挂号实寄首日封，贴全套邮票，销萨拉热窝军邮戳。图 13.70，2014 年

图 13.68　电影海报

图 13.69　皇储夫妇逝世 3 周年（首日封）

图 13.70　萨拉热窝事件 100 周年（小全张）

奥地利小全张）。

　　在我们的旅游大巴开往萨拉热窝的途中，游伴老郭忽然站起来宣布："我要告诉大家，影片《萨拉热窝谋杀事件》的译制导演，就坐在我们的车中！"

全车欣然,我妻子的身份从此暴露。

下车后,大家涌到刺杀发生地、著名的拉丁桥旁照相,并观看附近大楼墙上展示的历史资料。我不禁联想到许多邮品。老城的清真寺、钟楼、圆顶屋、铁匠街,都曾登上邮票,具有不可磨灭的历史烙印。而今日那一带,旧日的气氛依然可循(图 13.71,1906 年波黑邮票印样。图 13.72,1930 年代明信片,萨拉热窝街景,清真寺前圆顶的八角亭是萨拉热窝的标志性建筑——塞比利喷泉,水从前后的石槽流出)。

图 13.71　萨拉热窝清真寺与集市(印样)

图 13.72　萨拉热窝街景

最近,我在网上买到 2 枚"一战"结束不久的实寄封。一是 1918 年从萨拉热窝寄往萨格勒布的挂号封,贴有早期的波斯尼亚和黑塞哥维那加盖邮票 3 枚,可见到萨拉热窝清真寺与集市的旧貌(图 13.73)。另一为战后沿用匈牙利的邮资片,邮资图加盖波黑国名,又增贴波黑的加盖邮票,1919 年从萨拉热窝寄往萨格拉布(图 13.74)。这种历史转折时期的实寄封片,具有不可复制的文物价值。

图 13.73　萨拉热窝 1918 年实寄封

图 13.74　萨拉热窝 1919 年实寄邮资明信片

由于收藏了一些老封片,当我亲身来到萨拉热窝时,似乎怀有特别的亲近感。遗憾的是,铁匠街的小店铺里,虽然摆满旅游纪念物,却再也找不到集邮品了。

萨拉热窝作为波黑的首都,新市区的格调已相当现代化。

"方寸"点评 波黑风光奇秀,高山起伏,层林尽染,激流成河,碧波荡漾。它的 2012 年《旅游》邮票,可供欣赏(图 13.75)。

图 13.75 旅游

波黑邮票擅长"制造气氛",具有很好的设计水平,这里略举数例:

2002 年小型张《反对恐怖主义》(图 13.76)——邮票的主图是地球,意味着全球性的行动;边纸画两枪刺刀相交,突出了战斗气氛;最有创意的是地球上那对直视您的眼睛,饱含焦虑、痛苦、愤恨,直击观众的心灵。

2001 年《园林风景》(图 13.77)——乍看平常的景象,放在历经战乱的巴尔干背景下,是一幅多么值得珍惜的和平图画。阳光透过树梢,一对白天鹅在湖里游弋,水中倒影,波光粼粼,草地上不见人迹,气氛温暖而静谧……

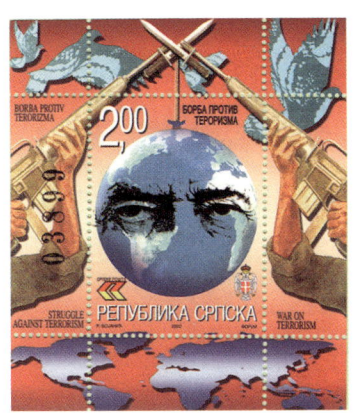
图 13.76 反对恐怖主义

图 13.77 园林风景

图 13.78 萨拉热窝有轨电车 110 周年

2005 年《萨拉热窝有轨电车 110 周年》(图 13.78)——萨拉热窝建造有轨电车,比维也纳还早,多条线路构成了城市的特色,一个多世纪以来,方便了广大市民的出行。小小"方寸",抓住了黎明前的瞬间,古老的路灯尚未熄灭,而头班车已经在等待乘客。邮票以淡黄色调为主(晨曦与灯光交汇),红、棕、黄、白,相互渲染,营造出朦朦胧胧的情调,它能勾起市民们多少难忘的记忆啊!

2008 年《北京奥运会》邮票,把跳高、游泳运动员,以及"鸟巢""水立方"赛场,与红色的中国地图,结合在一起,特色鲜明,简洁有力(图 13.79)。

图 13.79 北京奥运会

老朋友　塞尔维亚是中国的老朋友,两国人民有用鲜血凝成的战斗友谊。

　　塞尔维亚历年发行的生肖邮票,为中国集邮界所熟知。如 2011 年的生肖兔(图 13.80),2012 年的龙(图 13.81,其中 1 枚纸张背后印有黑色条纹),2013 年的蛇,2014 年的马(图 13.82),2015 年的羊(图 13.83),2016 年的猴(图 13.84),2017 年的鸡(图 13.85)。近些年每套 2 枚的邮票,一为动物全身像,一为头部特写,背称圆形的十二生肖图,当年的一格敷以彩色。

图 13.80　生肖兔

图 13.81　生肖龙

图 13.82　生肖马

图 13.83　生肖羊

图 13.84　生肖猴

图 13.85　生肖鸡

2008 年,塞尔维亚发行北京奥运会纪念邮票一套 2 枚,图案分别为女子网球和男子跨栏,在运动员的背后,衬有中国古装仕女舞与亭台楼阁图(图13.86)。

图 13.86　北京奥运会

2010 年,为纪念上海世界博览会,塞尔维亚发行了 1 套 2 枚邮票,图为世博会塞尔维亚馆,背衬上海的金茂大厦和东方明珠电视塔,画面上燕子报春,一派蓬勃的景象(图 13.87)。

图 13.87　上海世博会

铁托　在贝尔格莱德,我们参观了铁托故居,瞻仰了官邸花房里的大理石铁托墓。塞尔维亚人民十分敬仰铁托。铁托业余喜欢侍弄花草,他常背着手在花园里散步和思考。我们看到,故居花园里盛开着精心养护的多色玫瑰,草地上的雕塑千姿百态,展室里有铁托的遗物和大量高水准的油画。

几十年来,我收集过不少南斯拉夫发行的铁托肖像小型张(图 13.88—13.90)。前不久,我还购进一个有意义的南斯拉夫信封,它贴 1 枚 25 第纳尔的铁托像邮票,销 1962 年 5 月 25 日的首日纪念邮戳,此封是由滑翔机搭载,用降落伞投送,从卢布尔雅那(现斯洛文尼亚首都)寄抵库姆罗韦茨村(铁托出生地,在克罗地亚境内)。信封上绘有大大的数字"70",表明是庆祝铁托 70 寿辰(图 13.91)。在数字 0 的大圆圈里,刊有铁托穿着大衣、背着手散步的全身雕像,这尊雕像现存于铁托故居花园里。信封背面盖有库姆罗韦茨村的到达纪念邮戳(图 13.92)。

图 13.88　铁托 70 寿辰

图 13.89 铁托 80 寿辰

图 13.90 1983 年南斯拉夫反法西斯人民解放委员会第 2 次会议 40 周年

图 13.91 滑翔机搭载封

图 13.92 库姆罗韦茨村到达戳

科索沃 在此,介绍 3 件与科索沃战争有关的邮件:一是 2000 年 3 月 2 日俄罗斯驻科索沃军事人员寄发的快信封,贴俄罗斯临时加盖邮票,销军邮戳(图 13.93)。二是 2000 年 6 月 27 日乌克兰军事特派团成员寄发的快信封,所贴联合国徽志的邮票竟是复印的,信封正反两面盖有丰富多样的戳记(图 13.94)。三是科索沃战争结束 2 周年纪念封,混贴北约军邮邮票和德国发行的科索沃和平纪念邮票,2001 年 6 月 14 日由德国驻军人员从科索沃第二大城市普里兹伦寄往波恩(图 13.95)。

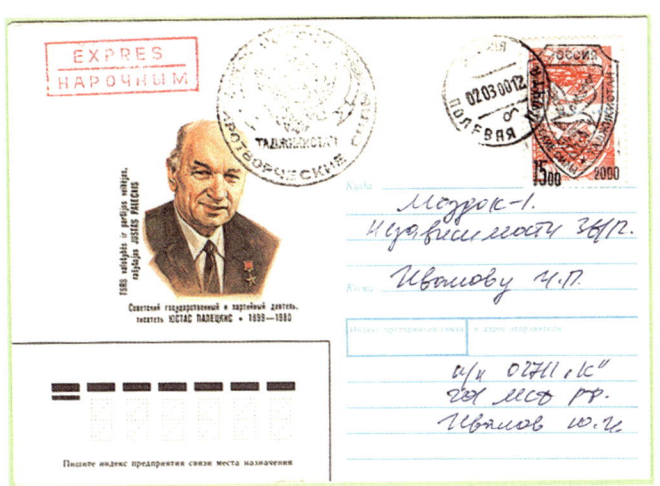

图 13.93　俄罗斯驻科索沃军邮快信封

图 13.94　乌克兰军事特派团快信封

图 13.95　科索沃战争结束 2 周年纪念封

像这样的"维和邮件",具有一定的历史意义。目前,应联合国的要求,中国派遣的"蓝盔部队",正活跃在世界好几个地方,理应引起集邮者的注意。

塞黑　塞尔维亚和黑山——这样一个国名,您听说过么？2003 年,南斯拉夫两院通过了《塞尔维亚和黑山宪章》,宣布已有 74 年历史的南斯拉夫不复存在,新国家"塞尔维亚和黑山"从此诞生。到 2006 年黑山独立为止,短命的塞尔维亚和黑山,发行过 3 年的邮票,邮票上的国名为 SRBIJA I CRNA GORA。

这是集邮者收集"断代史"的好机会。塞尔维亚和黑山的邮票,我也略存数枚,如 2003 年的《米歇尔邮票目录》(图 13.96),2004 年的《制止恐怖主义》(图 13.97)。

近日我还得到一个难能可贵的实寄封,是 2003 年 10 月 21 日土耳其大使馆从塞尔维亚和黑山的首都贝尔格莱德寄往中国广东省江门市的,新国家"塞尔维亚和黑山"沿用了南斯拉夫的挂号邮资标签,标明重 14 克,收费 156.10 第纳尔。为短促的"塞尔维亚和黑山"邮政,留下了这么一件与中国通邮的实寄封,确实颇有意思(图 13.98)。

  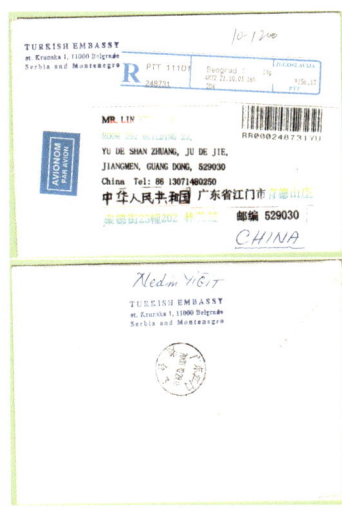

图 13.96　米歇尔目录　　图 13.97　制止恐怖主义　　图 13.98　塞黑寄中国实寄封

"我相信"　塞尔维亚的首都贝尔格莱德,是一座现代化的大城市,街道宽阔,建筑漂亮。我们住在中央火车站对面的酒店里,外出逛街,我买到一幅油画,还买到一些邮票。

2008 年塞尔维亚发行 1 种小型张,蓝底色,描绘夜间的一场歌咏会(图

图 13.99　《我相信》

13.99）。该小型张纪念的是 2008 年在贝尔格莱德举行的欧洲电视网歌唱比赛。邮票的主图是一位女歌手的剪影，小型张边纸与底图很讲究，有塞尔维亚的国旗与国徽，有地球上缭绕的五线谱，有一手持剑、一手托和平鸽的战士雕像，有战争遗留的城市废墟，还有高高耸立的古老钟楼。

该年欧洲电视网歌唱比赛的冠军，是来自俄罗斯的歌手季马·比兰，演唱的歌名为《我相信》。歌中唱道：

  即使电闪雷鸣、风暴四起，
  我也会像风中的大树坚定站立；
  我的信念像大山一样不可撼动，
  没有什么能熄灭我心中的光。
  只要我还在呼吸，
  我的梦想就永无止境；
  就算世界想把我推倒，
  我也不会放弃我的希望……

这首歌与季马·比兰的演唱催人泪下。不平静的巴尔干啊，每天都在发生可歌可泣的故事。回顾过去，展望未来，"火药桶"旁的声音穿越夜空，牵动着全世界人民的心。

14 罗马尼亚邮记

一位胖胖的朋友走过来 这一幕发生在布加勒斯特的晚餐时。天气暖和,夜色下,露天摆开一张张长餐桌,围坐的大多是罗马尼亚当地人,只有我们一桌中国游客。杯觥交错之际,台上表演着民间歌舞。那歌舞就像1981年罗马尼亚小型张上的情景(图14.1)。中国游客饶有兴趣地趋前摄影,这又引起当地人的注意。有一桌散席了,一位胖胖的罗马尼亚人,大约六十多岁的样子,同他的夫人,特意走过来跟我们打招呼。我们热爱罗马尼亚民间艺术,令他们高兴。问我们从哪里来?上海?很熟悉!在欢乐的晚餐气氛中,友好地彼此致意。

难忘那夜色,靓丽的歌舞,胖胖的朋友走过来,还有他稍显拘谨的夫人……

布加勒斯特是一座花园城市,名副其实,今日依旧。民间艺术很好地传承下来了。

人民宫 市中心的人民宫,大而无当,据说齐奥赛斯库要效法平壤,推倒了大批旧建筑,建造出规模无比的"面子工程"。主楼的检阅平台,与群众聚集的广场,隔开了绿化带、车行道,非常辽远,俯瞰如同观蚁,反过来,站在广场上也决计看不清主席台上的人脸。

图 14.1　民间歌舞

广场一边,常年展示着一架红色的直升飞机,齐奥赛斯库来不及登机逃亡便被处决。2011 年,人民宫被印上罗马尼亚的小全张(图 14.2)。灯光、喷泉,大厅与会议厅一片辉煌。我们参观时可没有这种感觉,由于是白天,为节约用电,宫内照明仅部分开放,大理石冷冰冰的,穹顶下空空荡荡。

宫内陈列的艺术品很多,有一幅画给我印象很深,正好,我有它的极限明信片(图 14.3)。画中的一男一女,与和平鸽一起飞向蓝天。这幅画从齐奥赛斯库年代直至今天，始终悬挂在人民宫的墙上。极限明信片上的邮戳时间是1982年。

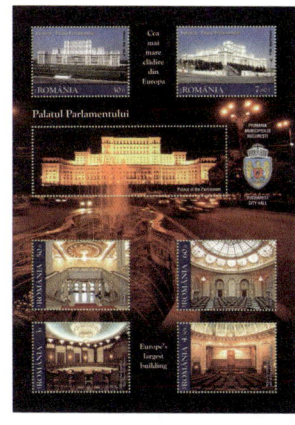

图 14.2　人民宫　　　　　图 14.3　人民宫绘画

人民宫以"人民"的名义，用大理石堆砌了变迁中的历史。

"吸血鬼城堡"　布朗城堡俗称"吸血鬼城堡"，它是罗马尼亚最有趣的景点（图14.4，罗马尼亚明信片）。爱尔兰小说家《吸血鬼德古拉伯爵》一书，曾拍成好莱坞电影，由此"吸血鬼"名声大噪。德古拉伯爵的原型，是古代罗马尼亚特兰西瓦尼亚公国的弗拉德·德古拉大公，他是一位抗击奥斯曼侵略者的民族英雄。德古拉对敌人毫不留情，抓住俘虏一律钉死在削尖的木桩上。传说有一次，奥斯曼帝国的部队在行进路上，看到有两万名被俘的官兵被剥光身子，钉死在沿途的尖木桩上。吓破了胆的侵略者士气低落，只好急速退兵。

图 14.4　布朗城堡

城堡矗立于悬崖上，结构奇特，楼道高低错落，似乎到处隐藏着鬼魂。院子里还故意摆放了刑具、绞架，让富于想象力的游客扮演僵尸拍照。游人川流不息，个个兴高采烈。墙上展览的历史资料，有尖木桩戳死入侵士兵的图画。街上，还有乞讨者扮成吸血鬼，同笑逐颜开的游客合影（图 14.5—14.6，林霏开摄）。

图 14.5　城堡内景

图 14.6　削尖木桩·吸血鬼

从 1959 年罗马尼亚发行的布加勒斯特 500 周年纪念首日封上（图 14.7），从 2009 年罗马尼亚发行的布加勒斯特 550 周年纪念邮资封上，我们都可看到弗拉德·德古拉大公的肖像：脸庞瘦削、鼻子尖尖、人丹胡子、大眼睛，他的形象，与恐怖的"吸血鬼"毫不搭界。

图 14.7　布加勒斯特 500 周年

文化遗产目不暇接 罗马尼亚的古迹非常丰富,维护完好,令人目不暇接。在这个国家即使旅游一周,也看不完多种多样的景点。

锡比乌曾被命名为"欧洲文化之都"。这座充满德国风味的城市,到处是红色尖顶或梯形顶,非常好看。2007 年罗马尼亚发行的一套 6 枚邮票,展现了这座古城的风姿(图 14.8)。2016 年罗马尼亚邮票日,又发行锡比乌全景的邮票。在锡比乌这样的古城举办国际戏剧节,有一种神秘的吸引力(图 14.9)。

 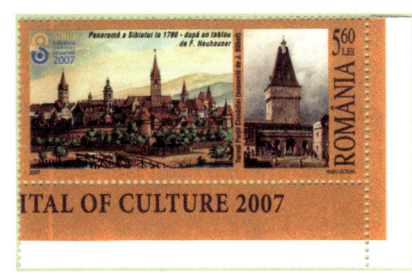

图 14.8　锡比乌

图 14.9　国际戏剧节

遍布罗马尼亚各地的修道院,每一座都是珍品。作为世界文化遗产的宗教建筑,数不胜数(图 14.10,1991 年罗马尼亚邮票)。

图 14.10　宗教建筑

告别布加勒斯特的那天,我们还游览了乡村博物馆。这里保存着从各地村落迁来的 350 座老房子,室内物品都按原样摆设,真实地反映民风民俗。2016 年的罗马尼亚小全张,反映了乡村博物馆的四季景色(图 14.11)。

图 14.11　乡村博物馆

邮票上的中罗友谊史　罗马尼亚和中国的邮品,构成了一部中罗友谊史。

60 多年前,我购得罗马尼亚《中国文化周》纪念邮票首日封,其邮票图案为中国天安门前的华表,封上绘有天坛前载歌载舞的中国男女——这个以粗糙的淡黄纸印制的信封,我已珍藏一个甲子(图 14.12)。

图 14.12 中国文化周

1980年9月18日,罗马尼亚发行罗中联合邮展纪念邮票,图案是两国少先队员在观赏邮票(图 14.13)。

图 14.13 罗中联合邮展

1980年9月,中国邮政代表团为联合邮展印发纪念卡(图 14.14,纪念卡贴 J.61 中国邮票,印有中文"中罗友好")。

1981年9月23—29日,在北京举行中罗邮票展览,朱学范题词:"邮传万里情深意长,中罗友谊万古长青。"(图 14.15)

图 14.14 中罗友好纪念卡

图 14.15 朱学范题词

1984年8月31日—9月11日(克拉约瓦)、9月7日—11日(德瓦),在罗马尼亚举行第3届中罗邮展(图14.16,纪念卡)。

图 14.16 第3届中罗邮展

1985年4月5日—10日,在武汉举行第4届中罗邮展(图14.17,贴两国邮票的纪念封,马麟先生赠我)。

1988年在长春举行罗马尼亚邮票展览(图14.18,纪念邮折)。

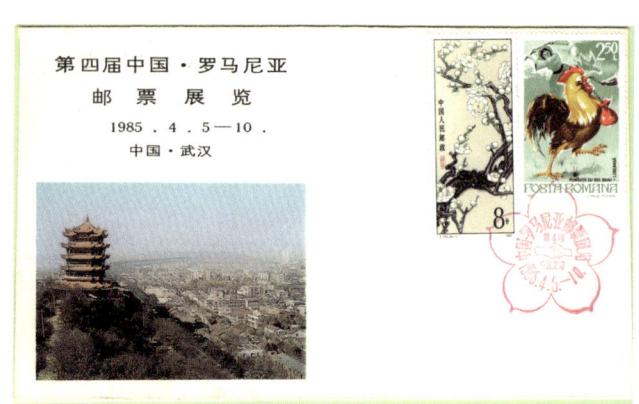 

图 14.17　第 4 届中罗邮展　　　　　图 14.18　罗马尼亚邮票展览（邮折）

　　以上是不完全记录，至少，我手头还有三十多种邮品，延续到 21 世纪，反映了中罗两国的集邮交往史（图 14.19，手工艺品，底图为《西游记》。图 14.20，世界贸易中心协会全会，上海浦东景色，加贴中罗联合发行"古古丹尼陶罐"邮票）。限于篇幅，不能一一列举了。在历届中罗邮展之际，以及中国国庆、香港回归、中罗建交纪念日等，"外国邮票上的中国事物"专题集邮者，都会见到罗马尼亚邮政的精彩出品。

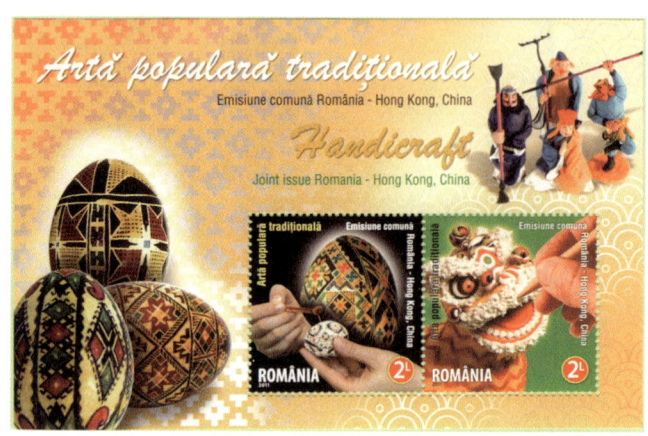

图 14.19　罗马尼亚与中国香港联合发行小型张

图 14.20　罗马尼亚邮资明信片

由此我想对初集邮者提供一条建议：不要轻视那些乍看平常的封、片、折、卡，长期积累往往会产生不凡的价值。譬如，要反映中国邮政与罗马尼亚同行之间的交往，如何收集最完整的邮品呢？如何进行周密的分析与研究呢？历史的碎片，过目易忘；时间的长河，需要耐心跋涉。

15　保加利亚邮记

索菲亚·教堂·玫瑰　保加利亚首都索菲亚,其美丽不亚于罗马尼亚首都布加勒斯特,也是名副其实的花园城市——从索菲亚广场到鹰桥的俄罗斯林荫大道,不到1公里路就有4座大花园。菩提树、阿拉伯橡胶树、法国梧桐树、加拿大白杨树……"智慧女神"索菲亚到处播下大自然的盎然生机。历史的漫漫长夜里,东罗马帝国和奥斯曼帝国留下了丰富的古迹,东正教和伊斯兰教的不同文明,景观交汇,令人眼花缭乱(图15.1,1921年保加利亚邮票。图15.2,1979年保加利亚小全张)。

图15.1　索菲亚风光

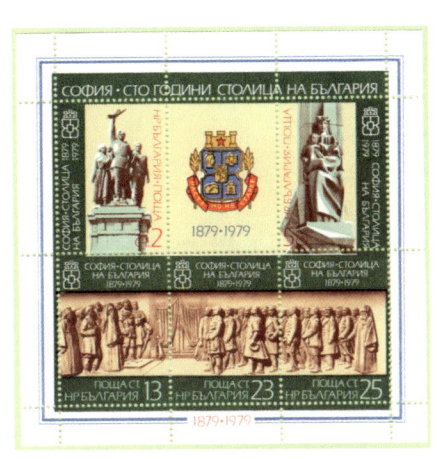
图 15.2　定都索菲亚 100 周年

图 15.3　索菲亚北约峰会

市中心的格拉大厦是斯大林式的建筑,占地 4 万平方米,内有 3 公里的秘密通道。正对面的广场中,1989 年矗立起一袭黑衣的索菲亚女神雕像(图 15.3,2001 年保加利亚小型张,底图为索菲亚女神雕像)。格拉大厦现为国民议会的办公地点。

赫赫有名的东正教堂——亚历山大·涅夫斯基大教堂,是为纪念 1877—1878 年俄土战争中牺牲的 20 万名俄罗斯官兵,从 1909 年开始建造,经 10 年而建成。大教堂占地 3170 平方米,镀金的大圆顶高达 45 米;钟塔高达 53 米,有 12 口钟,总重量为 23 吨;重叠的圆顶,配以绿色瓦檐与高耸的拱门,面向天庭,气象非凡。教堂内部用意大利大理石、巴西缟玛瑙、汉白玉等装饰,闪现翠绿、黑、紫、蓝等不同的光泽,中央穹顶标有金色的主祷文。这座教堂可容纳 1 万名信众在内礼拜(图 15.4,小全张首日封,科隆大教堂与索菲亚亚历山大·涅夫斯基大教堂。图 15.5,1985 年邮票,世界旅游组织大会)。

保加利亚的古教堂都维护得很好,每年为国家带来可观的旅游收入(图 15.6,1992 年保加利亚极限明信片。图 15.7,1981 年保加利亚极限明信片)。

图 15.4　1985 年国际邮展首航封

图 15.5　亚历山大·涅夫斯基大教堂

图 15.6 索菲亚教堂 500 周年

图 15.7 博亚纳教堂 300 周年

保加利亚盛产玫瑰，品种达 7000 多种，玫瑰精油号称"液体黄金"，出口量占世界的 40%，据说 4000 公斤玫瑰花才能萃取 1 公斤玫瑰精油，可见在那片不大的国土上，玫瑰是如何到处飘香的。保加利亚的民族服装瑰丽多彩，少女们在玫瑰地里劳作，真是一幅美丽的图画。玫瑰——它是保加利亚邮票永恒的主题（图 15.8，1985 年保加利亚小版张。图 15.9，2017 年保加利亚邮票，玫瑰刺绣。图 15.10，1983 年保加利亚邮票）。

图 15.8 玫瑰

图 15.9　玫瑰节

图 15.10　民族服饰

里拉修道院　里拉修道院令人惊叹！离索菲亚 100 公里的崇山峻岭之间，一千多年以前，里拉修道院起源于 1 个岩洞、1 名修士。后来，陆续扩建出 11 座教堂，由拜占庭式的建筑、文艺复兴式的围廊，构成 1 座封闭式的城堡。从 14 至 19 世纪，建起了高高的防御塔，还有 300 间房间的半圆形 4 层楼，可供 1 万名修士或朝圣者居住。目前，修道院里只有 8 名黑衣男修士。

墙、柱、拱、楼，白色与棕色的条纹交错，使人恍惚置身于非洲的野生斑马群中。从来没有见过如此华丽的修道院！满墙的彩色壁画，描绘了 36 个圣经故事。幻想的地狱场景，就像但丁《神曲》一样吓人。里拉修道院在 1961 年设立博物馆，收藏了 600 多件珍贵文物，如保加利亚第一架地球仪，盲僧拉法尔的十字架，历代主教的权杖、织锦法衣，朝圣女捐赠的银带扣，修道院卫士的武器，以及大量的手工艺品。里拉修道院的纪念品部，还出售个性化邮票，更使我感到不虚此行（图 15.11，1918 年保加利亚实寄明信片。图 15.12，1946 年保加利亚极限明信片。图 15.13，保加利亚邮票）。

图 15.11　里拉修道院

图 15.12　里拉修道院雪景

图 15.13　里拉修道院个性化邮票

查雷威兹城堡　保加利亚在两次世界大战中，国土屡次被割让。但是他们也有历史上的光荣时期，那就是 1187—1393 年的保加利亚第二帝国，由阿森国王开创，经济繁荣，国力强盛，首府大特尔诺沃一度成为巴尔干半岛第二大城市，仅次于君士坦丁堡。大特尔诺沃的遗址查雷威兹城堡，历经修缮，现在是保加利亚的重要旅游区。

前述图 15.11 的实寄明信片，与图 15.14 为一对（图 15.14，保加利亚实寄明信片），照片上的肖像均为德国军官，明信片各贴有双连的 1910 年保加利亚普通邮票,该票图案为查雷威兹山顶的城堡(图 15.15,1916 年保加利亚占领罗马尼亚期间发行的加盖邮票)。图 15.14 明信片上的山道,呈废墟的模样,经过近百年来的考古发掘,又垒砌恢复了 12 世纪的规模。步道起端有雄狮护卫皇家盾徽的石雕,山上有耶稣升天大教堂、主教府、王宫、塔楼等建筑,大教堂内的壁画出自保加利亚近代艺术家之手,与古代的宗教壁画迥然不同。2012 年与 2016 年的保加利亚小型张,约略勾画了查雷威兹城堡的外观(图 15.16—15.17)。

图 15.14　通向城堡的山道

图 15.15　查雷威茨城堡(1916 年)

图 15.16　查雷威茨城堡(2012 年)

图 15.17　查雷威茨城堡(2016 年)

友好交往的印记　保加利亚曾发行1套6枚邮票《从中国引进蚕种和丝绸纺织技术》(图15.18),可谓"丝绸之路"的历史印证。2008年,保加利亚发行了纪念北京奥运会的小全张(图15.19)。2010年,保加利亚邮票上出现了《中国观赏花卉与药用植物——牡丹》(图15.20)。同年,纪念上海世博会的保加利亚邮票,在边纸上加印老虎图案,因为正逢虎年(图15.21)。2014年保加利亚发行与中国建交65周年纪念邮票,配合马年以铜奔马为主图,小型张突出了两国国旗(图15.22)。针对中国集邮市场的旺盛需求,近几年来保加利亚每年推出精心设计的生肖邮票(图15.23,2018年狗年小型张)。

图15.18　从中国引进蚕种和丝绸纺织技术

图15.19　北京奥运会

图15.20　中国观赏花卉与药用植物——牡丹

图 15.21　上海世博会

图 15.22　保加利亚与中国建交 65 周年

图 15.23　狗年

16　维也纳浪漫一日

第3次来到维也纳,不想重复去美泉宫了,承蒙导游关照,让我们自个儿参观艺术史博物馆(图16.1,2003年联合国邮票。图16.2,林霏开摄)。过去曾两度来到门口,没有进去过。这回买票一探,终于大开眼界。

正好有珍宝展览。在博物馆的门口,放大复制了一个黄金盐罐,做得像一个浴盆,原件塑有海神波塞冬夫妻相对而坐,现让游客登梯而上,可模仿海神夫妻坐里面照相。游人们谁都愿享受神仙的浪漫,个个喜笑颜开(图16.3,照片上,我俩坐反了,曹雷坐的是海神的位置)。

图16.1　维也纳艺术史博物馆

图 16.2　博物馆外景

图 16.3　当一回海神夫妻

后来发现,奥地利 2009 年发行过金箔小型张(图 16.4),海神夫妻的造型非常优美(图 16.5,无齿黑印样)。我们在艺术史博物馆的展厅里,找见了盐罐的原件,它是由本韦努托·切利尼制作的,陈列在特制的玻璃柜里,大小若大口径的汤碗,纯金铸就,闪闪发光。裸体的海神夫妻肌肉发达,半躺的姿态优雅舒适,波塞冬妻子的腿边还有一个小孩,底下塑有神庙,海神身下是昂首的骏马。

图 16.4　金盐罐(金箔小型张)

图 16.5　金盐罐(黑印样)

维也纳艺术史博物馆由统治欧洲 7 个世纪的哈布斯堡家族出资,建成于 1891 年(图 16.6,1991 年奥地利邮票,进门登楼的景观。图 16.7,2016 年奥地利邮票 4 方连)。奥地利建筑师哈森和德国建筑师任波,对展馆建设做出了突出贡献。哈森充分发挥了本土艺术家的才能。当时，维也纳分离派画家克里姆特正在崛起，博物馆的大量壁画和建筑细部显示出克里姆特的崭新风格。哈森全名卡尔·冯·哈森奥尔（1833—1894年），1983年奥地利发行了纪念他诞辰150周年的邮票（图16.8，极限明信片。图16.9，1937年8月2日，维也纳寄美国明信片，临近"二战"，盖"奥地利纳粹青年团"宣传戳）。

图16.6　艺术史博物馆100周年

图16.7　艺术史博物馆125周年

图16.8　哈森奥尔诞辰150周年

图16.9　维也纳艺术史博物馆
　　　　（1937年明信片）

维也纳艺术史博物馆的藏品分为五大部分：(1)埃及与东方。从古埃及史前时期到早期基督教，12000多件藏品，时间跨度达4500年。(2)古典艺术。2500件藏品，时间跨度超过3000年。(3)绘画。哈布斯堡家族的珍藏，大量16—17世纪的绘画精品，构成了西方美术史的重要章节。拉斐尔、提香、卡拉瓦乔、鲁本斯、伦勃朗、丢勒、彼得·勃鲁盖尔……当我们辗转展室，徜徉于画海艺林之中时，不禁想到，这里有无穷无尽的邮票题材呀，用上100年，奥地利也用不完这些邮票画面！（图16.10，1936年奥地利邮票，丢勒《圣母与圣子》。图16.11，2012年奥地利邮票，彼得·勃鲁盖尔《雪中猎人》。图16.12，2015年奥地利邮票，丁托列托《入浴的苏珊娜》。图16.13，1971年奥地利邮票首日封，提香《雅各布·德斯特拉特》、彼得·勃鲁盖尔《乡村盛宴》、丢勒《威尼斯少女》）(4)雕塑和装饰艺术。王室用品与收藏品，件件工艺精湛，用料名贵，如纯金、宝石、珊瑚、玛瑙、鲨鱼牙齿、鸵鸟蛋等。海神夫妻金盐罐，即在这一部分展出。(5)纪念章与货币。共有藏品70万件，包括金块、硬币、纸币、债券等。

图16.10 《圣母与圣子》

图16.11 《雪中猎人》

图 16.12 《入浴的苏珊娜》

图 16.13 奥地利首日封

图 16.14 玛丽亚·特蕾莎诞辰 300 周年

这一天,遨游维也纳艺术史博物馆,我们就像掉进了五颜六色的艺术染缸,浑身浸了个透。早上我们坐进了金盐罐,中午在宫殿式的餐厅里吃简餐,直到傍晚走出大楼,兴奋的心情难以平息。这一天,真够浪漫的！夕阳依然灿烂,只见博物馆外的广场中央,玛丽亚·特蕾莎女王的雕像,她手执权杖,仪态万千地坐在御座上。哈布斯堡王朝由盛而衰,历史画卷无情地翻了过去,而博物馆留下永恒的余晖。2017年,奥地利、匈牙利、克罗地亚、斯洛文尼亚、乌克兰等国联合发行了同图小型张,隆重纪念玛丽亚·特蕾莎女王300周年诞辰(图 16.14,奥地利小型张)。

17　瓦尔登湖畔

2017年3月,我们从骄阳如火的加勒比海岛,来到大雪纷飞的波士顿。复兴中学老校友邢健和夫人,盛情邀请我们在乡间别墅住了1周。放晴的一天,他们陪我们漫步于瓦尔登湖畔。

道路两边积雪,湖面局部尚有浮冰,小船都列队揽于岸边。没有多少游客,仅见一位穿红色滑雪衫的男子在远处站着垂钓。静悄悄的空气分外新鲜,密林围绕的清澈湖水,正如梭罗《瓦尔登湖》书中所描写,"是一面完美的森林明镜"。我们走在软软的沙滩上,又沿着铁丝拦出的小径,向著名的梭罗小木屋走去。

波士顿是美国作家的摇篮。约170年前,也是在瓦尔登湖边,爱默生走过,霍桑走过,奥尔科特走过。当然,独居于此的梭罗天天走过。临近的哈佛大学,如今在中国名闻遐迩,但很少有人注意到,哈佛不仅孕育权贵,也孕育蔑视权贵的智者,如梭罗,以及其师、其友(图17.1,美国邮票。图17.2,美国邮票。图17.3,奥尔科特小说《小妇人》插图。图17.4,梭罗诞辰200周年纪念邮票首日封,封上绘有瓦尔登湖边的小木屋)。

图 17.1　爱默生　　　　　图 17.2　霍桑　　　　　图 17.3　《小妇人》插图

图 17.4　梭罗诞辰 200 周年

　　梭罗小木屋是重建的,供旅游者参观(图 17.5,1967 年梭罗纪念邮票 4 方连首日封。图 17.6,梭罗邮票移位变体)。料想从前这一带要荒凉得多。小屋有烟囱,前门窄窄的,窗户分上下格,每格含 9 小格,共 18 小格的玻璃窗。屋内陈设 1 单人床,1 桌,2 椅子,1 炉子(铁铸,并非《瓦尔登湖》所说的砖砌壁炉;椅子也比书里写的少 1 把)。如果访客超过 2 人,大约就只能坐到床上了。屋后还有一处堆柴的小披屋。

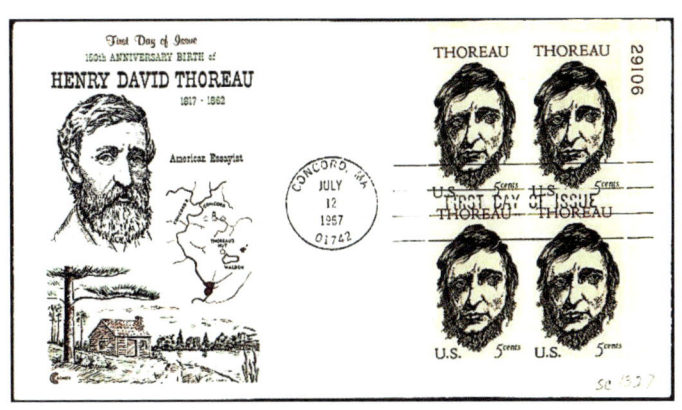

图 17.5　梭罗诞辰 150 周年　　　　　图 17.6　移位变体票

"1945 年 3 月底,我借了一把斧子,去到了瓦尔登湖畔的树林里我打算盖的屋子最近的地方,开始砍伐一些高大的、像箭一样笔直的、年头不多的五针松做木材……"梭罗所用的斧子,是向小说《小妇人》的作者路易莎·梅·奥尔科特借的。这一天,我们也拜访了奥尔科特的乡间别墅,那是一座楼房(图 17.7,1940 年奥尔科特邮票实寄首日封)。

图 17.7　奥尔科特邮票首日封

梭罗小木屋前,有 1 尊真人大小的梭罗铜像,不摆伟人架势,就像普通农民在走路、劳动。

亨利·大卫·梭罗崇尚"简单、简单、再简单"的哲学,两年零两个月的荒野独居生活,成为他毕生难忘的亲身实验。除了散文集《瓦尔登湖》,他还写过《论公民的不服从权利》,并因拒绝纳税被关入监狱一天(朋友帮他交税乃得假释)。人们认为,梭罗继承了古希腊哲学家苏格拉底的思想。而我联想到的,是比他早 1100 年的李白。在《梦游天姥吟留别》中,李白放歌道:"世间行乐亦如此,古来万事东流水。别君去兮何时还?且放白鹿青崖间,须行即骑访名山。安能摧眉折腰事权贵,使我不得开心颜!"唐代诗仙的狂放、脱俗,似与梭罗心有灵犀一点通。

《瓦尔登湖》在中国的影响出奇的广泛,2003—2012 的 10 年间,这本书不同的中译本,竟出版了 30 种。可见在一个躁动不安的变革年代,编者和读者对于返璞归真的自然散文的渴求。

在我们访美归来不久,旅美学者戴定国在上海请无忌、邵林、广实与我吃饭。席间他谈到,即将发表《美国今年人物邮票之间的关联》一文,其中谈到梭罗诞辰 200 周年纪念邮票,他引用《瓦尔登湖》一书,说明在罗兰·希尔发明便士邮票 5 年之后,隐居瓦尔登湖畔的梭罗,还是觉得"有没有邮局都无所谓"。定国写道:"说来有点小小讽刺的是,梭罗对邮政通信不以为然。"

历史的联想挺有意思。1940 年代,满脸络腮胡子、衣冠楚楚的罗兰·希尔,混迹于大英帝国的上流社会。他创制的黑、红、蓝便士邮票,将维多利亚女王的形象塑造得十分完美,并成功地传播到地球的每个角落。便士邮政制度在经济上也大获成功。女王高兴地亲自到邮局购买邮票,还把罗兰·希尔封为爵士(图 17.8,1990 年智利小型张。图 17.9,1990 年葡萄牙小型张)。

与此同时,大西洋彼岸的梭罗却对便士邮政发出嘲笑的声音。

独立战争的第一枪,就是在瓦尔登湖附近的莱克星顿镇打响的(图 17.10—17.11,美国明信片上的民兵塑像和抗英战斗原址)。

图 17.8　罗兰·希尔与"黑便士"　　　　图 17.9　"黑便士"150 周年

图 17.10　独立战争民兵塑像　　　　图 17.11　莱克星顿镇旧战地

　　梭罗后期也留了小胡子,但相貌与"邮票之父"罗兰·希尔大相径庭。奇怪的巧合是:1954 年,有一个也叫罗兰的人——罗兰·威尔斯·罗宾斯,在瓦尔登湖畔发现了梭罗小木屋的遗址。

梭罗终生未婚,英年早逝(45 岁)。他结束隐居生活后,经常住在康科德镇爱默生老师的家里(图 17.11,1940 年爱默生邮票实寄首日封)。我在逛康科德镇古玩商店时,有幸买到 1 枚 1918 年的实寄明信片,上面印有爱默生故居的照片。拉尔夫·沃尔多·爱默生被林肯誉为"美国的孔子""美国文明之父"。他的故居是 1 座带花园的两层白色楼房。这枚明信片贴 2 枚面值 1 分的华盛顿像绿色普票,销星条旗滚齿邮戳与圆形日戳(图 17.12)。当我察看日戳上的年份"1918"字样时,妻子在一旁说:"有一部电影叫《列宁在 1918》!"多么有趣的联想啊。时代风云变幻,人间悲欢离合,俱往矣,留下的是眼前瓦尔登湖的景色。正如梭罗所写:"湖的景象是多么宁静啊!湖泊是自然景色中最美也是最富表现力的一部分。它是地球的眼睛;凝视湖中,人能够衡量出自己本性的深度。湖边的水生树木是它周围纤细的睫毛,四周树木苍郁的群山和山崖是突出其上的眉毛。"

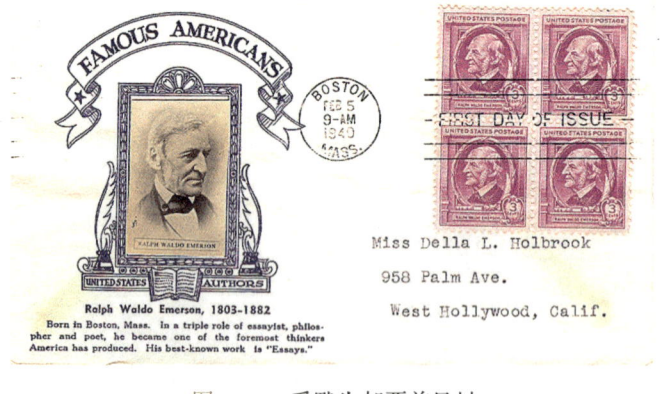

图 17.11　爱默生邮票首日封　　　图 17.12　爱默生故居

我们特地来到康科特镇邮局门前拍照留念。梭罗生前不理解新的邮政制度,美国邮政却不忘屡屡纪念他。2017 年 5 月 23 日,梭罗诞辰 200 周年纪念邮票在瓦尔登湖旅游中心隆重首发,全美国的集邮者都注目于此。由山姆·韦伯绘制的邮票上,梭罗的肖像浓彩、传神,再加梭罗签名的笔迹,弥足珍贵。我尤其喜欢这套邮票的小版张,含 20 枚邮票。看着它,仿佛能听到瓦尔登湖边山林的

回响,连绵不绝地呼喊着:梭罗、梭罗、梭罗、梭罗……(图 17.13)

图 17.13　梭罗诞辰 200 周年(小版张)

18　加勒比散记

2016年,参加了一次加勒比邮轮游。2019年,又第2次坐邮轮游加勒比海。

以加勒比共同体为核心的加勒比国家联盟,其成员多达25国,还包括12个未独立的地区。我所涉足的若干岛屿,很有限,只能略作"散记"。

巴哈马　邮轮从美国迈阿密启航,第一站到达巴哈马。巴哈马的几百个岛屿并不在加勒比海之内,但属于加勒比地区。17—18世纪,西班牙商船往返美洲与欧洲,横渡大西洋,必经加勒比地区。惊涛骇浪之中,出没无常的海盗令人闻风丧胆。两个多世纪以后,好莱坞电影重拾旧事,大肆渲染,让"黑胡子""白棉布"还有亨利·摩根爵士等加勒比海盗"誉满全球"。而屡次发行海盗邮票的,正是巴哈马(图18.1—18.2)。

图18.1　海盗邮票(1987年)

图 18.2 海盗邮票(2003 年)

1492 年哥伦布抵达美洲。到 20 世纪末,为纪念新大陆发现 500 周年,巴哈马发行了一系列的邮票与小型张(图 18.3—18.4)。

图 18.3 发现新大陆 500 周年
(1988 年小型张)

图 18.4 发现新大陆 500 周年
(1992 年小型张)

1942 年从巴哈马寄英国的一个首日封,纪念哥伦布在 450 年前,即 1492 年 10 月 12 日,首次登上圣萨尔瓦多岛(位于巴哈马东部海域)。当时,哥伦布看到浅浅的海水拍打沙滩,说了一声"巴扎马"(意为浅水),这就是"巴哈马"名称的由来。首日封上印了古地图,邮票加盖文字"哥伦布登陆 1492 1942",邮戳为"10 月 12 日 巴哈马 圣萨尔瓦多"(图 18.5)。

图 18.5　1942 年巴哈马首日封

图 18.6　美洲旅游年

巴哈马于 1973 年独立，首都拿骚位于新普罗维岛北端（图 18.6，1972 年巴哈马小全张）。每逢巨大的邮轮驶入港湾，来自世界各地的游客纷纷登岸。拿骚岸边黑皮肤的小贩，卖水果、贝壳、旅游纪念品，如今与 36 年前明信片上的情况很相似（图 18.7）。我们去市内浏览了历史建筑（图 18.8，1978 年巴哈马小全张），又参观了现代化水平极高的大饭店。景点中留下特别印象的，是一处叫"女王阶梯"的名胜。小轿车开到悬崖顶上，大家小心翼翼地拾级而下（石阶呈 80 度仰角，如果往上爬很困难）。下来以后，大家坐在大树底下休息，海风吹来，十分凉爽。后来，我在国内收集到 1929 年从巴哈马寄往英国的信封，贴有"女王阶梯"图案的邮票，还盖了宣传戳"请来巴哈马旅游"（图 18.9）。还有 1 张 1950 年代的明信片，"女王阶梯"的描绘就更清楚了（图 18.10）。

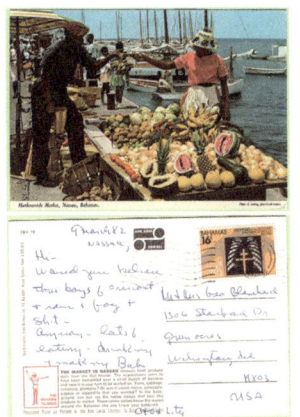
图 18.7　1982 年实寄明信片

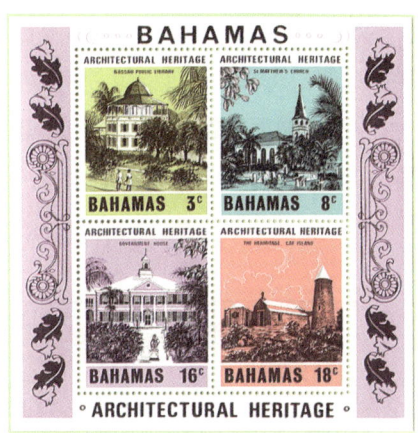
图 18.8　巴哈马历史建筑

图 18.9　1929 年实寄封

图 18.10　女王阶梯

巴哈马属英联邦成员国，以伊丽莎白二世为国家元首。(图 18.11, 1992 年巴哈马邮票)

火烈鸟·石斑鱼　火烈鸟，又称红鹳。巴哈马人口 40 万，岛内有火烈鸟 5 万只。这个世界上火烈鸟最多的国家，把这种鸟纳入了国徽的图案。

图 18.11　伊丽莎白二世登基 40 周年

火烈鸟颈长而曲，脚极长而裸出，在空中飞翔时呈直线，一往无前，十分优雅；成群落地，如白雪覆盖，烈焰燎原，格外壮观。火烈鸟幼时是白色的，由于多食浅滩中的贝类，羽毛逐渐转红，越是年老，红颜越深。火烈鸟点缀着激情燃烧的大自然，也烘托出巴哈马人的民族性格（图18.12，1979年巴哈马邮票，土著艺术与脸谱）。

图18.12　圣诞节

1938年的巴哈马邮票，极好地描绘了海天交会间飞翔的火烈鸟（图18.13）。2003年的巴哈马邮票，展示了成群火烈鸟宏大的场面（图18.14）。2012年的巴哈马邮票，具体表现了大、小火烈鸟及其觅食的情景（图18.15）。

图18.13　飞翔

图 18.14 群居

图 18.15 火烈鸟

火烈鸟并非巴哈马独有,它分布于世界各地。1970年法国极限明信片(图18.16)和2000年古巴邮资明信片(图18.17)所刊印的火烈鸟,更像是生活在动物园里,羽毛都偏白。

图18.16　火烈鸟(法国)　　　　　　图18.17　火烈鸟(古巴)

著名的拿骚石斑鱼,已被列为濒危保护动物(图18.18,2016年蒙特塞拉特小全张)。我是1997年去香港才第一次吃到石斑鱼的。香港人把石斑鱼列为四大名鱼之一,每年要消耗几千万条。当然,世界各地的石斑鱼品种很多。我觉得石斑鱼的肉头虽厚,却不及河鱼鲜美,还是让它们安居于大海底下的石头缝里吧。

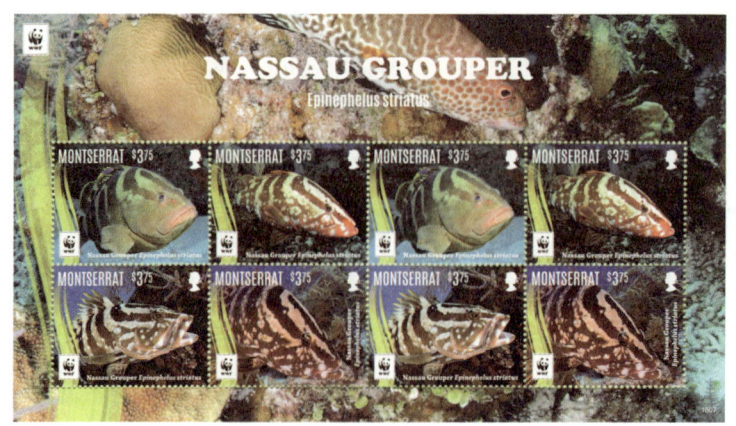

图18.18　拿骚石斑鱼

中国题材 巴哈马于1997年同中国建交,两国一直保持着友好关系。巴哈马是中国在加勒比地区的主要经济伙伴之一,两国在2014年实行了互免签证。巴哈马邮票也反映出这种友好关系,如1997年香港回归中国,巴哈马发行了小型张,用凹凸法印制中、英文"謹祝香港繁榮昌盛",底图为维多利亚港夜景,含巴哈马的贝壳邮票(图18.19)。2008年巴哈马发行北京奥运会纪念邮票,4项田径运动的赛手身边,又配以竹、鱼、龙首、福字灯笼等小图(图18.20)。

图 18.19 香港回归中国

图 18.20 北京奥运会

波多黎各 波多黎各是美国的自治邦,岛上的 300 多万居民,都入美国籍,但无权参加美国总统的选举,美国众议院里有一名无表决权的专员,他是波多黎各的民选代表。近年来,波多黎各举行公民投票,多数人要求波多黎各成为美国的第 51 州,但尚未实现。

邮轮在波多黎各首府圣胡安靠岸,只见高楼大厦,人来车往,一派美国小城市的繁华景象。

加勒比海许多岛国的邮票,商业气息较重,我更喜欢老一些的东西。前不久在国内买到 1876 年西班牙殖民时期,波多黎各的一组加盖花纹图形的普票,很有味道(图 18.21)。加盖的线条,乍看如蝴蝶翩跹,细观若藤蔓缠绕,龙飞凤舞,很难伪造。经查对目录,这些邮票都是利用古巴普通邮票加盖的。从 1873 至 1876 年,波多黎各曾 4 度发行花纹图形的加盖邮票,原票的肖像为西班牙国王阿方索十二世。

图 18.21　1876 年波多黎各普票

1890 年的波多黎各邮票,肖像换成了年幼的国王阿方索十三世(图 18.22)。

1898 年,西班牙在美西战争中失败,波多黎各被割让给美国。波多黎各一度使用美国邮票加盖"波多黎各"字样,从 1900 年起,直接使用美国邮票。

波多黎各的主要旅游景点是圣胡安古城堡。圣胡安位于北大西洋进入加勒比海的咽喉口,古堡就是要锁住这个口子。从 16 世纪到 18 世纪,西班牙殖民者在此经营 300 多年,沿海岸建起厚达 6.1 米、高达 42.7 米的城墙,角落处各有高耸的头盔式岗楼,团团围住中央的 3 座古堡,抵御英、荷等来敌。在美西战争中,美军攻破了城堡。

图 18.22　1890 年波多黎各普票　　图 18.23　1909 年波多黎各明信片

如今,游客们走向城堡,首先会惊异于那广阔无垠的大草坡,爬上历经几百年的城墙,每一块石头都久经风霜,海浪拍岸,好像有讲不完的战争故事。(图 18.23,1909 年波多黎各寄纽约的明信片,近处可见圣胡安城墙头盔形岗楼。图 18.24,1937 年华盛顿特区实寄封,4 方连邮票为圣胡安景色,封左图上有华盛顿国会山庄和圣胡安的岗楼。图 18.25,1971 年美国极限明信片。图 18.26,1971 年美国寄荷兰首日封)

图 18.24　1937 年波多黎各邮票华盛顿实寄封

图 18.25　圣胡安古城堡极限明信片

图 18.26　波多黎各建城 450 周年

有关波多黎各邮路的实寄封片，饶有趣味。譬如，这个实寄封，1941 年从葡属几内亚首府比绍，寄往美属波多黎各首府圣胡安。该邮件由泛美航空公司的水上飞机搭载，贴了 8 枚邮票，除销票邮戳外，还在航空信封上加盖了淡绿色的大型图画纪念戳。"二战"硝烟弥漫，邮件穿越时空。比绍与圣胡安的纬度相近，"飞剪号"横跨北大西洋，从非洲西岸飞抵美洲加勒比海，不平凡的历史侧影，隐约刻录在这个实寄封上(图 18.27)。

图 18.27 1941 年"飞剪号"搭载封

波多黎各的重大事件，屡屡登上美国邮票，例如 1949 年的波多黎各地方选举(图 18.28)，1993 年纪念哥伦布登陆波多黎各 500 周年(图 18.29)。西班牙与美国争锋，也不甘示弱，1972 年"西班牙历史文化"邮票，彰显老牌殖民者的昔日辉煌，4 枚邮票的图案分别为：波多黎各总督乌斯塔里斯准将画像，1870 年圣胡安全景，1625 年波多黎各海港，1792 年波多黎各地图(图 18.30)。

图 18.28 波多黎各地方选举

图 18.29 哥伦布登陆波多黎各 500 周年

图 18.30 "西班牙历史文化"邮票

圣马丁岛 1493年11月11日（圣马丁节），哥伦布踏上了这个小岛，从此它被命名为圣马丁岛。从1648年起，这个面积仅86平方公里的小岛，由荷兰与法国实行南、北分治，至今已维持370年。一岛由两国分治，在世界上很少见。

每年有100万以上的各国观光客来到圣马丁岛，大体为了两个目标：

一是游览顶级沙滩——位于北部法属领地，面向东方海湾的东方海滩。黄沙细若面粉，绵延数公里，海水呈蓝绿色，清澈无比。人们缓步入水，就像走在柔软的绒毯上，入水游泳非常安全。这里还有举世闻名的"天体营"，占据很长一段最美的海滩，男女老少全裸，赤条条来去无牵挂，只见1块大大的牌子，用汉字标明："禁止照相。"

二是头顶掠过飞机，位于南部荷属领地。这是最滑稽的旅游项目：小岛南部的马霍海滩，由于紧靠朱丽安娜机场，不断有飞机从游客头顶掠过。机场跑道虽长2000米，而当飞机贴近海滩起降时，游客还是会感觉"泰山压顶"。人们追着飞机肚子摆POSE，大呼小叫，兴奋莫名，"顽童"天性表露无遗。据说，曾有大飞机掠过时，有人过于凑近，竟被强大的气流吹得飞了起来。越是惊险，越是吸引游客纷至沓来。马霍海滩及其日落酒吧，变成了热门景点。

圣马丁岛的邮票较多以鸟类、鱼类、蝴蝶、花卉等为题材，2012年的小全张，展示了岛上的鸟类(图18.31)；另一小版张是岛上的景观，有大飞机从人们头顶上掠过(图18.32)。

图18.31　圣马丁岛鸟类

图 18.32　圣马丁岛景观

蒙特塞拉特　谈到加勒比,我不能不提一提蒙特塞拉特。

蒙特塞拉特位于东加勒比海,属于英国的海外领地,它加入了加勒比共同体,又成为东加勒比海国家组织成员。(图 18.33,1942 年蒙特塞拉特邮票。图 18.34,1953 年蒙特塞拉特邮票)

图 18.33　采棉花

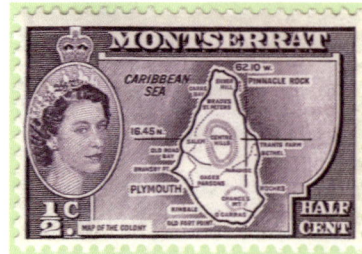 

图 18.34　地图和棉田

1984年我第一次出国，8国记者团里有1位蒙特塞拉特广播电台的主持人。第一次听到"蒙特塞拉特"，我还不知道它位于地球何方。相处十几天，才了解了这位身受英国教育、文化修养很高的黑人朋友。

蒙特塞拉特岛，长18公里，宽11公里，岛内有3座活火山。1995年7月18日，苏弗里埃尔火山猛烈喷发，把首府普利茅斯夷为平地，三分之二的蒙特塞拉特人逃往国外。以后，火山继续频繁活动，英国政府宣布了自愿撤离计划，为离开岛屿的人提供资助，因此有一半人口不再返回。我同那位黑人朋失去了联系，收集蒙特塞拉特邮票，乃成为我怀旧的一种寄托（图18.35—18.36，2017年蒙特塞拉特小全张）。

图18.35 苏弗里埃尔火山

图18.36 火山爆发后的建筑

蒙特塞拉特与中国的关系友好，这从他们发行的邮票上可以看出。1998年，蒙特塞拉特发行《20世纪伟人——毛泽东》邮票与小型张（图18.37，1998年蒙特塞拉特首日封，从普利茅斯实寄上海）。2011年，配合无锡亚洲邮展，蒙特塞拉特发行了2种中国动物与植物的小全张（图18.38—18.39）。对于中国的生肖集邮热，蒙特塞拉特也不错过市场机遇，2014年发行的生肖马小型张、小全张，采用剪纸和剪影，加上汉字和花团锦簇的图案，宣扬了传统的华夏文化（图18.40—18.41）。

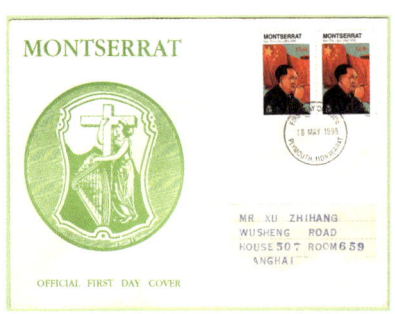
图 18.37 20世纪伟人毛泽东

图 18.38 中国动物

图 18.39 中国植物

图 18.40 生肖马（小型张）

图 18.41 生肖马（小全张）

二游加勒比海 2019年春节过后,我和妻子兴冲冲二游加勒比海。在迈阿密登上的邮轮叫皇冠公主号(图18.42)。迈阿密是美国的后花园,有钱人都爱到这里度假。如今,经过改革开放40年,中国人也变成人家后花园的常客了。哈哈,其实中国人才刚刚步入小康呢。

这次加勒比海的旅程,沿途上岸的地点包括美属圣汤姆斯岛、荷属博奈尔岛与库拉索岛,以及集邮者耳熟能详的两个独立国家——格林纳达、多米尼克,还有邮轮公司私属的公主岛。

格林纳达早在1985年就与中国建交,后来一度转向台湾,2005年起,又恢复了与中国的外交关系。格林纳达是大量发行商业化邮票的国家,在外邮收藏圈里影响力日渐下降。这里附刊2件格林纳达的新邮(图18.43—18.44,格林纳达小型张)。

图18.42 2019年2月在加勒比海邮轮上,照片下端有皇冠公主号船长签名

图18.43 迪士尼卡通普鲁多狗50周年

图18.44 2019猪年

荷兰海外领地的安的列斯群岛,分北、南两组,我们第一次访问的圣马丁岛(荷属部分)属于北组,第二次访问的博奈尔岛和库拉索岛属于南组。荷属安的列斯群岛的邮票也是花样百出(图18.45,荷属安的列斯群岛小型张)。

图 18.45　2007 猪年　　　　　　图 18.46　库拉索实寄封

小岛新邮的价值不高,较有意义的是收集它的自然实寄封片。这里附刊的是 1943 年库拉索邮票的实寄封,邮票图案为荷兰王室全家福(图 18.46);1961 年格林纳达邮政 100 年的纪念实寄封,邮票上的肖像为维多利亚女王与伊丽莎白女王(图 18.47);1961 年多米尼克寄美国首日封,贴童子军邮票 4 方连(图 18.48)。

图 18.47　格林纳达实寄封

图 18.48　多米尼克实寄封

我们在格林纳达和荷属博奈尔岛上，都找到了他们规模很小的邮局或快递公司，购买并认真书写了明信片，贴上邮票，寄往上海的家里（图 18.49）。

图 18.49　在博奈尔往上海家里寄明信片

19　山水之乐寓之邮

2018年6月,我们参加了意大利、瑞士、法国边境小镇的旅游,这些小镇,真可谓世外桃源。对我来说,除了欣赏自然山水,还随时可与收藏品对照领会。山水之乐,得之心而寓之邮也。

无限风光在险峰,回国1个多月了,锥形而高耸的马特宏峰,依然时时出现于梦中(图19.1,瑞士极限明信片)。

位于瑞士、意大利边境的马特宏峰,是阿尔卑斯山脉的第

图 19.1　马特宏峰

五高峰（海拔4478米）。它低于海拔4810米的第一高峰勃朗峰（位于法国、意大利边境），也低于杜富尔峰、多姆峰、魏斯峰，但是，它以挺拔的锥形山势秀出天外，雄伟无比，乃被公认为"阿尔卑斯之王"。至于游客们常去的海拔4158米的少女峰、海拔3238米的铁力士峰，则属于"小巫见大巫"了。

家喻户晓的瑞士三角形巧克力，它的商标图案就是锥形的马特宏峰。瑞士这个国家，深深得益于阿尔卑斯山之神脉。峻岭浩茫何其圣洁，溪谷深湖如水晶般透亮，劲风呼啸掠过，马特宏峰庄严而沉默。

山前小镇采尔马特，从前很冷清。正如19世纪英国画家约翰·拉斯金的描绘，只见几间雪压的木屋，细而弯曲的树杆支撑着顶棚（图19.2，老明信片）。这种早年的图景，为另一张摄影明信片和瑞士的小型张所证实（图19.3，瑞士老明信片。图19.4，2013年瑞士小型张）。后来，采尔马特镇大力开发旅游业，迅速热闹起来，尤其到滑雪季节，游客猛增。小镇禁止汽车入内，只允许电瓶车通行，常年保持空气清新，是全球少有的无汽车污染的冰川城镇（图19.5，1904年瑞士实寄明信片）。

图19.2　采尔马特（拉斯金绘画）

图 19.3　采尔马特（明信片）

图 19.4　采尔马特（小型张）

图 19.5　火车开往采尔马特

据报道，瑞典人克里斯蒂安·马尔豪瑟曾 3 次登上瑞士的马特宏峰，拍摄了 4 分钟长的影片《巅峰》。在摄氏零下 12 度的气温下，他独自夜宿山上，想弄明白人如果达到巅峰状态，能否抛弃一切杂念。结果他发现，人的心理瞬息万变，即使客观环境绝对空灵，却依然有许多遗憾涌动心间。

1980 年的 1 张瑞士实寄明信片，展示了阳光下阿尔卑斯山冰封雪盖的模样

图 19.6　阿尔卑斯山

（图 19.6）。簇拥的一圈锥形山顶，令人印象深刻。

最近，我又得到 1 张 1899 年从瑞士实寄法国的明信片，早年苏黎世市横贯全城的长长的罗马水道，十分引人注目（图 19.7）。另 1 张 1927 年从苏黎世实寄美国的明信片（图 19.8），逐一标出了城市外围 9 个山峰的高度（从海拔 2281 米到 3628 米）。

图 19.7　苏黎世（1899 年）

图 19.8　苏黎世（1927 年）

图 19.9　高山铁路 50 周年

生活在崇山峻岭中的瑞士人民，擅长开挖隧道，并建造四通八达的铁路，包括高山齿轨铁道，在世界上独领风骚上百年。

1952 年的 1 张实寄明信片，就是纪念瑞士高山铁路 50 周年的（图 19.9）。照片上有山景、湖景，邮票显示了行进中的列车，而矩形的纪念邮戳上，除了火车图，还标明"1902—1952"。

瑞士很早就开办了火车邮局，图 19.10 是 1910 年寄往德国的明信片，邮票以苏黎世火车邮局的日戳销印。图 19.11 是一件很特殊的明信片，1938 年 8 月 9 日由特快急救火车搭载，从瑞士寄往美国。这种特制的明信片，刊有教堂照片与多种文字说明，贴铁路隧道图案的邮票，盖有"BAHNPOST AMBULANT"的邮政日戳。

2016 年瑞士发行邮票，纪念施坦斯山铁路通车 100 周年（图 19.12），图案显示的早期火车车厢很有趣。

图 19.10　1910 年明信片

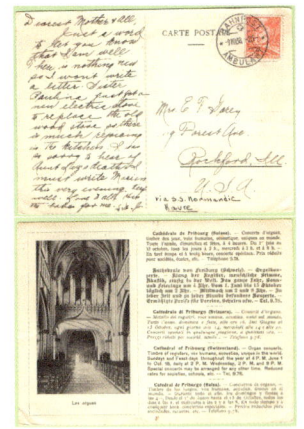

图 19.11　特快急救火车搭载邮件

图 19.12　施坦斯山铁路通车 100 周年

2014 年,瑞士发行邮票纪念国家公园 100 周年(图 19.13),三连票的画面突出了阿尔卑斯山脉的野性。这种大自然的野性,在 2017 年的小型张《马蹄谷》中也表露无遗(图 19.14)。而 2016 年的小型张《韦尔扎斯卡山谷大桥》,则体现了瑞士人驾驭大自然的意志与力量(图 19.15)。瑞士人热爱原始生态,重视环境保护(图 19.16,2005 年瑞士小全张)。

图 19.13 国家公园 100 周年

图 19.14 马蹄谷　　　　　　　图 19.15 韦尔扎斯卡山谷大桥

图 19.16 自然之友协会 100 周年

有 1 张 1940 年的瑞士军邮实寄明信片，太有意思了(图 19.17)，漫画里是 1 位军械工匠，正卖力地在铁砧上"捶打硬骨头"。"二战"期间，德军最终没有入侵瑞士，主要是出于金融与物资方面的考虑，但与惧怕瑞士的抵抗力量也不无关系。瑞士民族具有传统的"硬骨头"精神。

在意、瑞、法三国小镇流连忘返 17 天，离不开游山玩水。加达湖、奥尔塔湖、马焦雷湖、莱芒湖(即日内瓦湖)……一个比一个漂亮。

阿尔卑斯山脉融化的雪水和山间雨水，形成山泉、瀑布，飞流直下三千尺，播撒成一串串珍珠似的湖泊，给欧洲大地带来丰富的植被，扩展了农业和畜牧业，给世人留下无与伦比的美景。

图 19.17　捶打硬骨头

广东一位邮友提供我 1 个 2005 年的实寄封(图 19.18)，它贴了 11 枚古堡邮票，从意大利挂号寄至中国，邮票的面值为 600 里拉×10，再加 1 枚 700 里拉，总计 6700 里拉。意大利的古堡普通邮票，有几个系列。其中 1 个系列，从 1980 年

图 19.18　古堡邮票实寄封

开始，分组陆续发行，到 1994 年总数达到 34 枚，单枚面值从 5 里拉逐渐提升至 1100 里拉。这样延续十多年的产品，既充分展示了各地的古迹，又引起收藏者的浓厚兴趣。尤其是信销票的汇集，有大量的追逐者。这个实寄封上的邮票，1 枚面值 700 里拉的，其图案是位于意大利北部的 14 世纪的伊夫雷亚城堡，而多达 10 枚面值 600 里拉的邮票，图案为位于斯米翁内的 13 世纪的斯卡利杰罗城堡。

著名的旅游胜地斯米翁内镇，位于意大利最大湖泊——加达湖南岸的中部，该镇以半岛形态伸入加达湖 4 公里(图 19.19，意大利老明信片)。夜空下锯齿形的角楼，黑沉沉的厚墙拱门，带来久远的凝重感与神秘感(图 19.20)。小镇曲

图 19.19　斯米翁内

图 19.20　湖边夕照

径通幽,鲜花夹道,居民闲适而友善(图19.21,老明信片)。这一切,都以水波不兴的加达湖为背景(图19.22,1927年意大利实寄明信片。图19.23,1954年意大利明信片。图19.24,1981年意大利挂号实寄首日封)。

图19.21　小镇小巷

图19.22　小船停满岸边

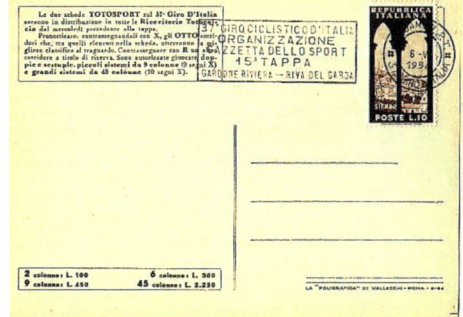 

图19.23　加达湖边自行车赛

图 19.24　加达湖畔

加达湖、奥尔塔湖、马焦雷湖具有共同的特点：湖中分布着若干小岛，经过几百年的维护与开发，既保留着郁郁葱葱的绿化，又增添了装饰精美的建筑。因此，自然美与人工美相结合，远观近看，移步入画，浑然天成。法国作家司汤达在《意大利绘画史》中写道："在湖畔度过的这些日子，是其他任何享受都无法比拟的……郁郁葱葱的板栗林中，枝叶仿佛在水里浸泡过一样……"指挥家托斯卡尼尼，作家海明威、萧伯纳，日本天皇，英国皇室人员等，都曾来这一带度假。近几年的名人足迹，有美国前总统奥巴马、好莱坞明星汤姆·汉克斯等（图 19.25，意大利极限明信片）。

图 19.25　帕兰扎植物园

马焦雷湖的佩斯卡托利镇,位于湖心小岛上(图 19.26,1989 年意大利明信片)。我们住宿的大酒店,阳台正对着它。每天,朝阳初升直至夕阳西下,小岛上绿树掩映着红瓦白墙的建筑,美景令人陶醉。意大利明信片上有渔民在撒网捕鱼,我们曾去到小岛的一端,绿荫下海风扑面,长时间地坐着聊天。(图 19.27,2011 年意大利明信片)

图 19.26　湖上的佩斯卡托利镇

图 19.27　斯特雷萨与马焦雷湖景色

马焦雷湖区分属于意大利和瑞士,到达阿斯科纳就进入瑞士了(图 19.28,1952 年从阿斯科纳寄往美国的航空信封,贴满了湖光山色的瑞士邮票)。

图 19.28　阿斯科纳实寄封

在瑞士,我们游览了世界文化遗产贝林佐纳城堡(图 19.29,2017 年瑞士邮票)。建于 13—15 世纪的巍峨城堡群,分别矗立于不同的山头,延伸出相连的厚墙甬道,墙上布满射箭孔,3 座主要的城堡彼此呼应,足以切断山谷交通,扼守险要。创建贝林佐纳城堡的米兰公爵,本意要用它来抵御瑞士人的入侵,没想到后来却寻求瑞士的保护,最终成为瑞士联邦的成员(图 19.30,1929 年瑞士实

图 19.29　贝林佐纳城堡

图 19.30　贝林佐纳实寄明信片（1929 年）　　　图 19.31　贝林佐纳实寄封（1932 年）

寄美国，政府公文明信片，贝林佐纳城堡）。

宏伟壮观的贝林佐纳城堡，是欧洲保护得最完好的古代军事防御建筑群（图 19.31，1932 年从贝林佐纳经日内瓦、苏黎世，寄达伯尔尼的航空挂号封）。

接下来的行程是莱芒湖（即日内瓦湖），此湖十分开阔，三分之二在瑞士境内，三分之一属于法国。我想重点谈一谈湖畔蒙特勒镇的西庸城堡（我国邮票目录译作：汐雍城堡）（图 19.32，1939 年瑞士邮票，西庸城堡，带过桥的对倒票）。

图 19.32　西庸城堡

大家熟悉1998年中国和瑞士联合发行的邮票《瘦西湖与莱芒湖》,由中国许彦博与瑞士贝尔娜黛特·巴尔蒂丝设计,两国各发行一套2枚,瑞士又增发1枚小型张,优美的画面里,将西庸城堡与扬州二十四桥连为一体,水中倒影,如梦如幻(图19.33,瑞士小型张)。以我在瑞士的实地观察,西庸城堡固然古朴端庄,融于湖景也很美,但比不上邮票与小型张的美。设计者注入了对两国友谊的热诚,也浓缩并提高了风景的层次,使画面充满了诗意。

图 19.33　西庸城堡和扬州二十四桥

"西庸"的外文含意为"石头",因为它是建在岸边岩石上的石头建筑。西庸城堡能千古留名,很大程度上是由于英国诗人拜伦写了叙事诗《西庸的囚徒》。在16世纪时,支持日内瓦独立的圣维克多修道院院长博尼瓦尔,在这座军事城堡兼监狱,曾被铁链锁在石柱上长达四年。古堡临水的外观很漂亮,但巨石紧裹的牢房很恐怖,而当权者在城堡中的起居很奢侈。

西庸城堡是瑞士邮资明信片的"常客"。以我收集的实寄片为例,1924年的加盖改值邮资片,1933年的邮资片(图19.34),1934年的邮资片,左上角都有蒙特勒镇西庸城堡的照片。图19.35为1906年的瑞士实寄明信片,您看,一百多年前西庸城堡外的莱芒湖上,天鹅比现在多得多了。

图 19.34 瑞士实寄邮资明信片（1933 年）

图 19.35 瑞士实寄明信片（1906 年）

中国与瑞士联合发行的邮票,屡屡被贴用在反映两国交往的邮品上。如 2000 年《中国·瑞士邮票展览》纪念封（WZ-85）,2000 年《中华人民共和国—瑞士联邦建交五十周年》纪念封（PFTN·WJ-46）,等等。

踏破万重山,叩问千层浪,多少奇幻景,留驻邮品中（图 19.36,2011 年瑞士小型张。图 19.37,2009 年瑞士小型张）。

图 19.36　谢尔庄园

图 19.37　格吕耶尔城堡

进入法国边境，我们重点游览了依云镇。

举世闻名的依云矿泉水，它是阿尔卑斯山脉的融雪和山间雨水，经冰川沙层长期的过滤和矿化而成。它无人体接触，无任何添加剂，无任何化学处理，被直接灌装入瓶，贴上标签，投放市场。

每天，有专职人员对水质进行严格的检测。政府专门制定了依云水源地的防污染法规。

依云水（Evian）——它如同一则神话，起始于1789年。那年，大革命风暴席卷法兰西，有一个贵族名叫莱塞特侯爵（Marquisde Lessert），他患了肾结石，听说矿泉水好，就来到依云卡察特（Cachat）绅士花园疗养，天天喝花园里的泉水。没想到，过了一段时间，肾结石竟消失了。消息传开，到卡察特绅士花园求水的人纷至沓来。主人便将泉源围了起来，开始标价售水（图 19.38，法国老明信片，1911 年的卡察特绅士花园）。渐渐有更多的医生，公开肯定矿泉水的疗效。尤其是法国皇帝拿破仑三世和皇后，对矿泉水深信不疑，正式将该地命名为"依云"（拉丁语"水"的意思）（图 19.39，1903 年从依云寄往德国的明信片）。从此，200多年来，源源不断的依云矿泉水，保持了稳定的品质与口味，畅销全球 140 多个国家与地区。

图 19.38　绅士花园　　　　　　　图 19.39　依云实寄明信片（1903 年）

令人难以置信，却成为事实：卖天然的泉水，居然大发横财。各国游客来到依云，既为一睹美丽的风景，也是对凭空致富的神话感到好奇。

依云镇背靠阿尔卑斯山，面向梦幻的莱芒湖。这里人口不到 1 万，小镇 70% 的财政收入与矿泉水业务有关。

依云水很早就利用邮票打广告，"Evian"出现在法国早期普通邮票《播种者》的边纸上（图 19.40）。1959 年法国发行的《旅游》系列邮票，1 套 3 枚，其中 2 枚是

图 19.40　依云水广告

巴黎爱丽舍宫,另 1 枚就是依云风光(图 19.41)。邮票上的依云与法兰西皇室同步,可见小镇举足轻重的地位。而这枚面值 85 法郎的棕色依云邮票,其图案,不折不扣是 1957 年《旅游》系列 65 法郎蓝色依云邮票(图 19.42,四方连)的翻版(图 19.43,1957 年 65 法郎依云邮票极限明信片)。

图 19.41　85 瑞士法郎依云邮票

图 19.42　65 瑞士法郎依云邮票

图 19.43　依云极限明信片

至于各种活动的纪念封,更是突出渲染了依云矿泉水。例如 1959 年巴黎发行的首日封(图 19.44)。

图 19.44　依云矿泉水首日封

依云镇的大部分建筑,完成于 1870—1913 年间,在临湖的大道上漫步,令人生发思古之幽情。依云还有出色的温泉,小镇的水平衡中心与医疗中心,光顾者络绎不绝。

游客必到之处,除了卡察特绅士花园,还有一个向公众开放的科德利埃

(Cordeliers)泉源,那里立有1尊少女雕像,任何人都可以持杯携瓶,到出水口免费接水(图19.45,1957年首日封,底图为科德利埃泉源)。大自然的恩赐,人人平等享受,清凉入口之际,人们似乎领会到了一种"依云理念"(图19.46,依云邮票的无齿票)。

图19.45　泉源首日封　　　　　图19.46　依云邮票(无齿孔)

我们下榻的依云皇家度假酒店(Evian Royal Resort),是一家五星级老牌大酒店。大堂与走廊里,展示许多有关矿泉水的历史老照片,从前的欧洲贵妇,都带着筒形的软帽,在宴席间,有一位老绅士欣喜地高举一大瓶依云矿泉水……

在法国,我们还游览了著名的鲜花小镇伊瓦尔,它被誉为"莱芒湖畔璀璨的明珠"。这个拥有600多年历史的小镇,保存着中世纪的伊瓦尔公爵城堡(图19.47,2006年法国伊瓦尔邮票首日封),民居全是古朴的石头建筑,家家户户的门口、窗户、天台、墙壁都装饰着以天竺葵为主的鲜花,颜色各异,千姿百态(图19.48,老明信片上的伊瓦尔街景)。

为了提高国民的生活品质,从1959年开始,法国每年举办"鲜花小镇(城市)"的评选活动。严格的打分标准为:市镇的天然景色和植物遗产,如树、灌木、花、覆盖植物等占50%;当地政府为改善生活环境与可持续发展所做的努力,以及投资程度、环境保护、卫生状况等占30%,游客增值度、教育发展、市民的参与度等占20%。评奖级别有"一朵花""二朵花""三朵花""四朵花";2018年

图 19.47　伊瓦尔邮票首日封

图 19.48　伊瓦尔街景

有4800座城镇被标记了不同的花朵。伊瓦尔小镇连年获得四朵花的最高荣誉，曾代表法国参与世界最美小镇的竞赛。

另一个著名的法国最美小镇安纳西，靠近瑞士边境，号称"阿尔卑斯山的阳台""萨瓦省的威尼斯"（图19.49,1977年法国安纳西邮票首日封）。它在大山脚下，濒临安纳西湖，在不宽的运河里，建造出一座三角形的"岛宫"（12世纪日内瓦总督的官邸），很像一艘石船，因后来用于关押犯人，这座建筑又俗称"老监狱"。

图19.49　安纳西邮票首日封

在安纳西，人们除了参观古迹，还常在"爱情桥"上逗留，许多人在河边咖啡座上闲聊。开阔的安纳西湖上，帆影翩翩，大草坪上，孩子们奔跑嬉闹。

法国人说："法国最美小镇安纳西，那里住着卢梭的情人。"法国启蒙思想家卢梭曾以高涨的激情，回忆自己在安纳西的青春年华："我大概还记得那个地方，此后我在那儿洒下不少泪水，亲吻过那个地方。我为什么不可以用金栏杆把这幸福的地方围起来！为什么不让全球来朝拜它！"卢梭16岁时，与比他年长13岁的华伦夫人朝夕相处。卢梭说，在安纳西生活的12年，是他人生中最快乐的时光（图19.50,法国老明信片）。

作家雨果则说，无论怎么写，我的诗也不如安纳西美（图19.51,2005年法国安纳西邮票极限明信片）！

图 19.50　卢梭和华伦夫人　　　　　　图 19.51　安纳西湖

我们在安纳西时,临近 2018 世界杯足球赛在俄罗斯开幕。那天,运河边传来一阵喧闹声,原来是一帮足球俱乐部的哥儿们,在那里嘻嘻哈哈。我们走过去,大概当地很少出现中国游客,他们对我们分外热情。大伙儿高兴地合影,背景就是古老的"岛宫"(图 19.52,曹雷摄)。后来,我开玩笑说,法国最终夺得 2018 世界杯冠军,就因为我们在安纳西起哄,替法国队带来了好运呢。

图 19.52　与球迷合影

安纳西每年举办国际动画节,影响很大。安纳西还是 2018 第 23 届冬奥会的 3 个申办城市之一(另两个是慕尼黑、平昌,最终,韩国的平昌胜出)。可喜的是,我在收集与安纳西有关的邮品时,还发现好几种乒乓球比赛的首日封(图 19.53,其中一种)。首日封上所贴的法国邮票是 1977 年发行的,纪念法国乒乓球联合会成立 50 周年。而邮戳上标明"巴黎"与"安纳西"。无疑,乒乓球运动在安纳西也有我们颇多的知音。

图 19.53　乒乓球比赛首日封

20　文学巨匠　叶落归根
——普希金和托尔斯泰故居巡礼

2018年深秋,俄罗斯最美的季节,金色满枝,层林尽染,黄叶遍地。我们与几位翻译家、艺术家同行,开启14天的文学之旅。重点是拜访普希金、托尔斯泰的故居。

列夫·托尔斯泰(1828—1910)出生在离莫斯科195公里的图拉州亚斯纳亚-波良纳庄园。这座庄园是托尔斯泰母亲的陪嫁。托尔斯泰34岁结婚后一直居住在这里,完成了《战争与和平》《复活》《安娜·卡列尼娜》等巨著。他82岁去世,叶落归根,落葬此地。

给人印象最深的是托尔斯泰的墓地(图20.1,1956年苏

图20.1　托尔斯泰墓地

联明信片）。为寻访墓地,我们走了很长的路,曲径通幽,来到一处林间小丘,土堆约半米高、2米半长,长满了茂密的青草。由于近旁有敬献的鲜花,才让人明白,这里就是俄罗斯最伟大的文学家托尔斯泰一百多年来长眠的地方。据说,这一切都是依照托尔斯泰的遗愿安排的。

奥地利作家茨威格来此以后写道:"我在俄国所见到的景物再没有比托尔斯泰墓更宏伟、更感人的了。这块将被后代永远怀着敬畏之情朝拜的尊严圣地,远离尘嚣,孤零零地躺在林荫里……没有十字架,没有墓碑,没有墓志铭,连托尔斯泰这个名字也没有……保护列夫·托尔斯泰得以安息的没有任何别的东西,唯有人们的敬意……风儿在俯临这座无名者之墓的树木之间飒飒响着,和暖的阳光在坟头嬉戏;冬天,白雪温柔地覆盖这片幽暗的土地。"茨威格认为,托尔斯泰墓是"世间最美的、给人印象最深刻的、最感人的坟墓"。

"二战"期间,犹太作家茨威格流亡巴西,1942年因对和平前景绝望而自杀。2018年,我们这些中国人又来到了托翁的墓前。岁月流逝,这里的环境依然如故。周围的林木,据说是托尔斯泰生前亲手栽种的,在1956年的明信片上,已长成大树,如今更加郁郁葱葱了。凉风穿林而过,似乎在无尽地倾诉。

回沪以后,我把多年积累的托尔斯泰邮票摊在桌上(图20.2—20.5,我在学生年代从集邮公司买的盖销票)。托翁形象的特点是什么?是他的大胡子。他前额宽阔,布满皱纹,穿着宽松的老农式衣裳。看他的模样很难想象,他是那样

图 20.2　1953 年苏联邮票

图 20.3　1953 年捷克斯洛伐克邮票

稔熟于贵族的舞会,深谙少女初恋的心情,并能以无比的气势描述血腥的战场。翻译家冯春先生说,列夫·托尔斯泰的文学成就,在俄罗斯迄今无人能及。

图 20.4　1960 年苏联邮票

图 20.5　1978 年苏联邮票　　　图 20.6　托尔斯泰诞生 150 周年

我们来到了托尔斯泰生前居住的二层小楼,白墙、白色的木质回廊,在绿色植物的簇拥下,沐浴着明媚的阳光。我有 1 张 1978 年苏联纪念托尔斯泰诞生 150 周年的邮资明信片,其画面就是我们亲临的场所(图 20.6,苏联邮资明信片)。你看,这是托尔斯泰天天走过的台阶呀,也许他经常坐在门廊里低头沉思……大家深怀敬意,纷纷举起了相机(图 20.7)。

苏联邮政、俄罗斯邮政至今没发行过纪念列夫·托尔斯泰的小型张。在

图 20.7　托翁故居前留影

2018 年托尔斯泰诞生 190 周年时,有些小国家已按捺不住了,发行了多种小型张(图 20.8,马尔代夫小型张,全套邮票中与托尔斯泰相伴的,还有高尔基和契诃夫)。这些小型张色彩浓郁,设计粗放。我预计,到 2028 年,俄罗斯会发行小型张纪念托尔斯泰诞生 200 周年,格调会更高雅,印刷会更精美。我希望以后的邮品,能多一些托翁名著的插图,也希望能刊印那无名的墓地,让人们世世代代缅怀这位伟大的作家。

 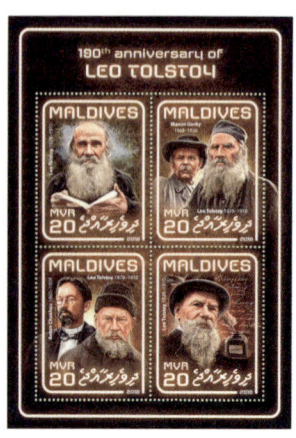

图 20.8　文学巨匠

普希金（1799—1837年）比列夫·托尔斯泰早出生29年，而他短促的生命只有38年。普希金被公认为俄罗斯近代文学的奠基人。别林斯基说："只有从普希金起，才开始有了俄罗斯文学，因为他的诗歌里跳动着俄罗斯生活的脉搏。"

普希金才华横溢，《纪念碑》一诗将自己的豪情壮志发挥到极致：

> 我为自己建立了一座非人工的纪念碑，
> 在人们走向那儿的路径上，青草不再生长，
> 他抬起那颗不肯屈服的头颅，
> 高耸在亚历山大的纪念石柱之上……

当时也许有人奇怪这位年轻人的狂妄，但200多年过去后，俄罗斯大地上确实到处可见他的纪念碑，蓝天衬托着他的铜像，再也没有人怀疑诗人的自信。一代又一代俄国人，从普希金作品中汲取文化滋养，优秀的民族传统得以继承和发扬（图20.9，林霏开摄）。

图20.9　俄青年瞻仰普希金故居

从苏联时期到解体以后的俄罗斯邮政，始终重视普希金邮票的发行。苏联第1种小全张出现在1937年，纪念普希金逝世100周年，雕刻版单色印刷，包含普希金半身画像和全身塑像的2枚无齿邮票（图20.10）。1949年发行的普希金

诞生 150 周年小全张,对角安排了 2 套各 2 枚的邮票,图案为普希金少年与青年时代的画像,无齿孔,黑色与咖啡色套印,庄重而优雅(图 20.11)。

图 20.10　普希金逝世 100 周年　　　图 20.11　普希金诞生 150 周年

1949 年匈牙利发行的有齿、无齿一对小型张,也是普希金纪念邮票里的精品。小型张票幅仅 52×62 毫米,有齿与无齿各印 54500 张。虽为单色,却很精致,图案突出了普希金对自由的讴歌(图 20.12,这些小型张在我邮册里躺了半个多世纪了,我几乎可以感觉到它们的呼吸)。

图 20.12　匈牙利小全张

1999 年是普希金诞生 200 周年的大日子,在此前后,世界各国都铆足了劲,纷纷举办音乐会、朗诵会,隆重发行纪念邮票。早在 1997 年,俄罗斯与以色列就联合发行了小型张,邮票图案是普希金手绘的《叶甫盖尼·奥涅金》插图,底图上方有普希金的自画像(图 20.13)。普希金一生留下了大量的速写,1998 年俄罗斯发行的小版张,反复展示他的画稿,连边纸也不放过,非常生动有趣(图 20.14)。

图 20.13　普希金诞生 200 周年(俄罗斯、以色列联合发行)

图 20.14　普希金诞生 200 周年

2010年，在俄罗斯发行的小全张上，出现了圣彼得堡的叶卡捷琳娜宫与皇村学校，中心图案是普希金的坐像（图 20.15）；1997 年俄罗斯印制的 A 档邮资信封，封图也是这一坐像（图 20.16，1999 年实寄，背面有斯摩棱斯克的到达邮戳）。2012 年，俄罗斯发行了 1 种小型张，纪念位于莫斯科的普希金博物馆 100 周年（图 20.17）。

图 20.15　普希金在皇村

图 20.16　普希金邮资封

图 20.17　普希金博物馆 100 周年

1999年俄罗斯纪念普希金诞生200周年的邮票，其肖像画颇有新意（图20.18）。少年普希金的形象，是1949年小全张的重现。2000年，埃塞俄比亚发行了1套4枚纪念邮票（图20.19），浓墨重彩，戴白帽子的普希金像很少见，而少年普希金像的着色更加细腻，"200"（周年）的粗体字尤其触目。各国集邮者不禁奇怪，埃塞俄比亚为何如此重视普希金呀？普希金与非洲有何特殊关系呀？

图20.18　普希金诞生200周年

图20.19　普希金诞生200周年（埃塞俄比亚）

原来，普希金确实有黑人血统。他的曾外祖父阿伯拉姆·彼德洛维奇·汉尼拔，少年时被土耳其王作为礼物送给彼得大帝。彼得大帝十分喜欢这个黑人孩子，亲自担任他的教父，并把他培养成自己身边一名出色的将军。彼得大帝的女儿伊丽莎白登基为女皇后，把普斯科夫州的米哈伊洛夫斯科耶这片土地赐给了汉尼拔。汉尼拔的孙女即普希金的母亲，曾担任叶卡捷琳娜女皇的侍从官。

普希金虽然出生在莫斯科,但十分眷恋母系家族的米哈伊洛夫斯科耶庄园。他曾5次返回故里,并在这儿度过了两年半的流放生活。在孤独而痛苦的日子里,奶娘阿琳娜常常给他讲民间故事。在乡间小屋里,他创作了诗体小说《叶甫盖尼·奥涅金》的主要章节,写了长诗《茨冈》,抒情诗《冬天的晚上》《我记得那美妙的一瞬》《假如生活欺骗了你》等许多佳作名篇。诗人决斗死后,好友屠格涅夫等秘密把灵柩运回米哈伊洛夫斯科耶,最后安葬于圣山修道院。"俄罗斯诗歌的太阳"、俄罗斯人民的骄子,永远地安息在高高的山冈上。1925年,苏联政府将圣山命名为普希金山,以后又在这里建立了国立普希金文化历史博物馆。

我们从圣彼得堡坐火车,来到291公里外的普斯科夫州,又坐汽车120公里,访问了米哈伊洛夫斯科耶村。广阔无垠的原野,明镜般的湖面,绿色与金黄色交杂层叠的森林……登上圣山,在修道院的普希金墓前,翻译家冯春先生用俄语,我妻子曹雷用汉语,朗诵了普希金的诗歌,表达大家从遥远的东方带来的问候。普希金有深深的中国情结,诗歌里很多次写到中国,生前曾热切地希望"走遍天涯……去长城脚下"。现在,这种交流的美好愿望,正由中俄两国人民一步一步地加以实现。

2010年,塔吉克斯坦发行了普希金诞生200周年的加字改值双连邮票(图20.20),左面1枚是流传最广的油画像(背景有诗神缪斯),右面1枚是大家熟知

图 20.20　普希金诞生200周年(塔吉克斯坦)

的速写自画像。邮票的加字改值,往往引起集邮者特殊的兴趣(如该票的斜行加字"2008年6月10日",还有,边纸上印刷的文字SECURITY),可以衍生更多的研究课题。在一部邮集里,加字改值,各种细节,乃至错体变异,都会增添集邮的新奇感和珍罕性。

令人陶醉的俄罗斯大地啊,黄叶飘零的季节,满眼如金灿灿的油画。我们踏访文学巨匠的故居,思念他们叶落归根的经历,不禁心潮起伏,久久难以平静……

21　集邮冰箱贴

退休20年来,与妻子一起旅行了68个国家,我们喜欢沿途买几枚冰箱贴留作纪念,日积月累,最近数了数,竟得280枚,贴满3大块磁性白板。其中,具有集邮特点的有20种。

首先1枚是美国的,复制了珍邮《珍妮倒》(图21.1)。这是在华盛顿的美国国家邮政博物馆买的。《珍妮倒》真品不可能拥有了,而《珍妮到》冰箱贴作为美国邮票的标识,它在我家进门的磁性白板上,已经"挂头牌"长达18年。

图21.1　《珍妮倒》图

图21.2　瓦杜兹王宫

第2枚是2018年新添的,列支敦士登的冰箱贴,复制了2010年图案为瓦杜兹王宫的邮票(图21.2)。这是一幅美丽的雪景,旅游者很少会在这么冷的冬天去列支敦士登,而邮票使人大开眼界。"邮票王国"一向以严谨的制作闻名,冰箱贴也和邮票一样,非常的精致完美。

匈牙利的冰箱贴有3枚,反映了首都布达佩斯的主要风景。头2种是布达老城区的渔人堡,妙在图案里各有1枚"票中票"(图 21.3)。另一种横长形的冰箱贴,以宽银幕镜头,展示了位于佩斯新城区的国会大厦(图 21.4)。波澜不惊的多瑙河上,又印了5枚"邮票",分别是5处布达佩斯的名胜。不过那都是徒具齿孔、却无面值的"形似邮票"而已。

图 21.3　渔人堡

图 21.4　多瑙河边的国会大厦

匈牙利冰箱贴喜欢借用集邮的形式,说明这个国家集邮活动十分普及,集邮具有广泛的群众影响。

图 21.5—21.11 都是"形似邮票",都有齿孔,但无面值,其中3枚还盖了"邮

戳"。图 21.5 是捷克首都布拉格的老城广场。图 21.6—21.7 是克罗地亚的沿海古城杜布鲁夫尼克。图 21.8 是黑山共和国穿民族服装的老人家。图 21.9 是摩洛哥卡萨布兰卡的哈桑二世大清真寺。图 21.10 是法国戛纳时装广告节,无数摄影镜头包围了走秀的模特儿。(哦,戛纳去过,但这枚冰箱贴是儿子所赠。)图 21.11 是捷克卡罗维发利的温泉,"邮戳"上弯弯的古邮号很有趣,可惜,这枚"形似邮票"上端左右缺齿。记得那位老店主飞快地用纸包好卖给我,我离开后才发现它的"品相"缺陷。

图 21.5　布拉格老城广场

图 21.6　杜布鲁夫尼克城堡

图 21.7　城堡上的武士

图 21.8　黑山老人家

图 21.9　哈桑二世大清真寺

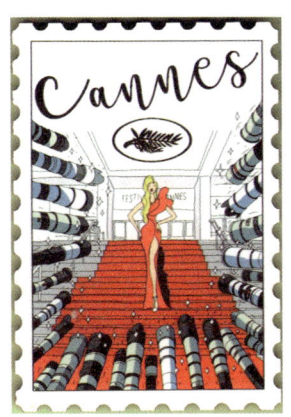
图 21.10　戛纳时装广告节

图 21.11　卡罗维发利温泉

　　冰箱贴上的集邮，逐渐向封、片扩展了：瑞士用航空信封展示了"阿尔卑斯山之王"、锥形的马特宏峰(图 21.12)，还有首都伯尔尼的古老钟楼与繁华街景(图 21.13)。爱沙尼亚航空信封里的明信片，是首都塔林的景色(图 21.14)，信封上盖了圆形邮戳和滚齿戳。捷克冰箱贴仿制了 1 枚航空实寄封，邮票、邮戳、"航空"戳等，一应俱全(图 21.15)。俄罗斯冰箱贴上的实寄封，更为细致，如托尔斯泰庄园这一枚，不但有托翁及故居的照片，而且手写名址，从图拉州寄出，还写了邮政编码 301214，画上一颗爱心，蓝色印油的邮戳，也分外逼真(图 21.16)。

另两枚俄罗斯的冰箱贴，则分别仿制了 A、B 两档的邮资封（图 21.17—21.18）。俄罗斯是历史悠久的集邮强国，冰箱贴从一个侧面反映出大众对集邮的喜爱。

图 21.12　马特宏峰

图 21.13　伯尔尼钟楼与街景

图 21.14　塔林

图 21.15　捷克航空实寄封

图 21.16　托尔斯泰庄园

图 21.17　俄罗斯 A 邮资封

图 21.18　俄罗斯 B 邮资封

在意大利维罗纳的广场集市上，我们从一位华人摊主那里，买到了罗密欧与朱丽叶的冰箱贴(图21.19)。这个冰箱贴制作成1枚实寄封,寄往维罗纳,印有罗密欧与朱丽叶的邮票,以圆形与滚齿邮戳销票,封图有朱丽叶的雕像以及罗密欧爬上去幽会的那个著名的阳台。每天,各国游客挤满院子,都要登楼排队到那个阳台上照相。我们不想去凑热闹,就用这枚"实寄封"的冰箱贴,留作小小的纪念吧。

图21.19　罗密欧与朱丽叶

22　古稀集邮记

记得还不到 60 岁时,临近退休,星期天去上海云洲邮市,碰到一位邮商。他曾卖给我长城、山茶花加字小型张,因此相熟。他很善意地劝我:"这么大年纪了,别再买邮票了!有钱吃好点,穿好点,花在自己身上最实惠。"

我没有听从他的劝告,似乎是反其道而行之。

2009 年,我 70 周岁了。此后几年里,有这样几件大事,激发我继续集邮的热情:

2009 年 4 月 10—16 日,中国 2009 世界集邮展览在河南洛阳举行。

2010 年 5 月 1 日—10 月 31 日,2010 世界博览会在上海举行。

2011 年 11 月 11—15 日,中国 2011 第 27 届亚洲国际集邮展览在江苏无锡举行;11 日全国集邮联 6 届 5 次理事会议在无锡召开,公布了第 3 批会士名单。

2012 年全国集邮联成立 30 周年,表彰全国集邮先进集体与 1 027 名先进个人。

自 2011 年底迄今,我通过 ebay 网,从国外购进 19 世纪至 1945 年期间的封(实寄封)、片(明信片)、本(小本票)、张(小型张、小版张)共计 1 200 多项,忘记了"吃好点,穿好点",十足变成了朋友开玩笑说的"邮疯子",并且是一个食古不化的老疯子。

"古稀集邮"这5年,很快活!

"集邮文化使者"

2009洛阳世界邮展—2010上海世界博览会—2011无锡亚洲邮展,这3年的大事串成一条线,铺垫了炽热的邮情,点燃了我古稀之年集邮的火焰。

市邮协赴洛阳一行,有会长、秘书长、邮局老首长等人参加。我的身份很特殊,作为上海的"集邮文化使者",到洛阳去参加演讲比赛。不清楚这个任命是如何降临的,不明白协会领导是如何看中老朽的。反正接到电话通知时,我已成过河小卒,只能拼命向前了。演讲比赛,我还是在小学时参加过。如今满头白发,怎生打扮呢?我找出一套锁柜已久的日式薄西装,特地上街买来1件牛津纺全棉白衬衫,配上结婚时用过的领带,但愿自己能抖擞精神上战场。讲稿呢?自己琢磨,不送审。送审容易引来套话,如果"各级领导"添字加句,恐怕离不开"工作总结"的模式,到时候自己不得不照背,反而束手束脚。我自以为懂得集邮心理,可以把握会场听众的脉搏,所以酝酿腹稿之前,仅仅向市邮协秘书长打听了上海邮政职工的人数。我将演说什么,只有我一个人知道。谢谢市邮协的高度信任,固然,他们越信任我,我越不能辜负他们的期望,我要为上海人争光!

以下是4月10日在洛阳博物馆报告厅我的演讲内容(主办方规定,起首要用演讲者的方言向全场听众问好,在限定时间内,介绍自己和自己的城市,评价洛阳盛会,论述集邮文化):

大家好,侬好,下半日好!

我们来自60个城市的"集邮文化使者"所坐的大巴士,一车都是年轻的俊男倩女,上海偏派我这个70岁的白发老头儿来参加擂台赛,是不是搞错了呢?我想,大约是因为我以林霏开的笔名,写了20本集邮的书,许多读者晓得我。我确实从小喜欢集邮,一辈子都在宣传集邮文化。退休以后也不停笔,至今常用依妹尔发稿。

我写的一篇篇"千字文",都是小文章;昨晚世界邮展暨牡丹花会的开幕式,却是洛阳人写的大文章。集邮活动能搞成如此大的规模,全世界都办不到。佩服！佩服！

参加洛阳盛会,我想到了两个人。第一个是已故商埠票专家史济宏。八十年代,他在北京捧得一个集邮的大奖杯,站在台上兴奋地说:"今天我比结婚还高兴!"如今我来到洛阳,不敢像史医生那么说,那么说老婆会有意见的。我要说的是:"今天,就像结婚一样的高兴!"

第二个人,是四百年前的明代文人袁宏道,湖北公安派的。他对"癖好"很有研究。他说:"世人所难得者唯趣,""人情必有所寄,然后能乐。"嵇康爱打铁,武子爱马,陆羽品茶,米芾玩石……他们都是有癖好的人。人假如没有癖好,就会"无事而忧,对景不乐,语言无味,面目可憎",就像活在地狱中！

袁宏道固然是故意说得夸张,可我们细细想来,伟大的人、有名望的人,不都有自己的癖好吗？不用我点明,大家都知道：谁爱游泳、横渡长江？谁爱打桥牌？谁喜欢弹琴、唱歌？谁擅长跳舞、打乒乓？谁能玩棒球、远赴东京与日本首相一同打？罗斯福如果不集邮,他能克服小儿麻痹症带来的痛苦吗？

和谐社会需要健康的癖好,而集邮是一种高品位的文化癖好！

最后,学习前面的演讲者,我也推介一下自己的城市。

2008年、2009年、2010年,这是不平凡的三年。泰山压顶,方显英雄本色。2008年,在北京成功地举办了奥运会；2009年,在洛阳成功地举办了世界邮展暨牡丹花会；我们要学习北京和河南洛阳的经验,2010年在上海办好世界博览会。一千四百万上海人民,包括二万八千名邮政职工,包括市邮协八万名会员以及不计其数的爱好者、志愿者,热忱等待着欢迎四面八方莅临的宾客。

2008年大家说 Welcome to Beijing! 2009年大家说 Welcome to Luoyang! 2010年,我们大家说：Welcome to Shanghai!

可以肯定,那天来自各地的60位演讲者,数我年纪最大。大多数演讲者都很年轻,形象俊俏,声情并茂,事先都做过充分的排练,在台上很像明星表演。有的详细推介家乡特色,有的热情讴歌洛阳成就,纷纷纵论集邮的伟大意义。

擂台赛结束,评委会宣布一等奖获得者,第一个就是我的名字。在我听来,那不是我,而是"一等奖——上海!"

老朽没有让上海人失望。我觉得,那首先是决策者的成功。

短短几分钟的演讲,要获得各个方面的共鸣与赞赏,确实需要技巧。打腹稿时,对于"介绍自己",我掌握既自谦又自信的分寸;对于"评价东道主",我注意"有高度而不吹捧";对于"论述集邮文化",兼顾今古名人,有知识深度,又引起听众联想;我把奥运会、牡丹花会和上海世博会联结成线,用中英双语激发效果,获得全场掌声的回报。我始终没讲一句拍评委马屁的话,但他们一致打了高分。

事后,我对上海来的同志说,他们给一等奖,一多半是看上海的面子。因为上海地位重要,将要开世博会,上海的邮政与集邮工作做得好。另外,主要的评委是洛阳广播电台的节目主持人,看到我这样的"老广播",容易产生同情。话说回来,我感到自己的演讲,从内容到表达还是"物有所值"的,努力并没有白费。这就像一个老年人跳迪斯科、跳街舞、玩滑板,居然能混迹于小青年,心中不免得意。

在洛阳,住宿是"分片包干"的。领导们住在高级的酒店里;"集邮文化使者"和一批小画家,住一家不错的宾馆;而各地来参观邮展的团组,八仙过海,各显神通,纷纷包下大大小小的旅舍。每天,我都与可爱的娃娃们同桌享受自助餐,老师或家长向我讲述孩子设计邮票的情景,在"未来之星"的海洋中,我这个白发老爷爷,更觉得自己"八十岁学吹打"的有趣。

洛阳印象

洛阳地处中原,乃千年古都。4月艳阳天,牡丹花争奇斗艳,人们倾城出动赏花。这一年又多了"邮花",不仅中国邮政发行整版的牡丹花邮票,而且迎来世界级的展览。这个"二线城市",以空前的规模、巨大的花费,充分展示了梦想"集邮强国"的"中国特色"。

邮展开幕式在体育场举行,盛大的文艺演出由杨澜主持,成龙献唱。锣鼓声排山倒海,演员临空而降,气势之波澜壮阔,显然是前一年北京奥运开幕式的翻版。"邮票世界的奥林匹克竞赛"——这个说法,好像是我在 1982 年的著作中首创的。现在,"二线城市"再一次展示了张艺谋式的大轰大嗡。

夜里回到酒店,耳朵里还不时地有锣鼓鸣响。我不禁产生一种逻辑背反的怀疑:这是集邮吗?集邮历来是最宁静的个人消闲方式,如今"文艺搭台,经济唱戏",搞成喧闹的大场面活动,这还是集邮吗?也许是我的思想跟不上市场经济的发展?

河南人质朴的盛情款待,我深表感谢。洛阳经济腾飞的新面貌,也令人兴奋。不过,说实话,我从来不懂得欣赏牡丹。这种硕大而浓艳的花朵,乃杨贵妃的最爱,千百年来在农村炕头被面子上、在彩印的脸盆与热水瓶上怒放。牡丹花成了象征,"富贵的心愿浓郁,贫穷的现实久远"。几十年前参加全国广播工作会议,我参观过洛阳牡丹花会,这一回就没有兴致了。

邮展给我最突出的印象,就是汹涌的人潮。男女老少手持所谓"集邮护照",转着圈排队盖戳。精明的外国邮商,眼看昂贵的邮票无人问津,就转向"广种薄收",每盖 1 戳收费 3~10 元,而且由中国志愿者代劳。人多,场子热,真是一本万利的生意。

"集邮护照"不知是谁发明的?记得我最早看到"卖戳印",是在首都的某次邮展场合,有人把 2 寸见方的皇家御印也搬出来了,盖 1 次收费 20 元,人们趋之若鹜。假"护照"对于调动群众的参与情绪,似乎很起作用。不过回头一想,这是在忙些什么呢?它有"收藏价值"吗?也许有一点,不会很大。而与盖戳潮形成对比的是,大部分展厅冷冷清清,集"邮识"之大成的各类邮集,参观者很少。

"集邮文化使者"的演讲比赛,很有意义,但是报告厅仅几百个座位,听众有限。有谁来向老百姓讲一讲:什么叫集邮?如何开步走呢?轰轰烈烈的花会期间,我只看到 1 次 1 个人——上海集邮家邵林,西装笔挺,在销售厅"赵涌在线"的包房里,向十几位"粉丝"在宣讲什么……我趋前为他照一张相,就好像 50 年前新闻系的学生在实习摄影。

12 次参观世博会

世博会在上海举办,为期半年,我去参观了多少次呢?——12 次。

肯定有许多人比我去的次数多。但 2010 年我 71 岁了，以这样的高龄，每次从早到晚，在世博园区呆 10 个小时，几乎"跑断了腿"，应当说，我的好奇心、积极性还是够高的。

事先我买了、读了好几本有关世博的书，在园区我还买了各国纪念世博的邮票。

集邮者不可能不爱世博，因为那是世界上最大的展览会，所有的集邮展览与它相比，都是"小巫见大巫"。邮票是一部微缩的百科全书，而世博会是一部宏大而生动的现实百科全书。每一个集邮爱好者，都可以从世博会上汲取无穷的知识，获得开启心灵的金钥匙。

我爱旅游，足迹遍及五大洲，也撰文介绍过各国的邮票。当我来到世博有关国家的展馆，就像走亲访友一样。与其他参观者不同的是，我脑海里带着亲自印证过的邮票形象：那里的建筑、风光、百姓面貌、历史掌故……

哦，那是美人鱼雕像，从哥本哈根海滨来到了上海；哦，那是金色少女雕像，从卢森堡高耸的"一战"纪念碑顶端，来到了"亦小亦美"的卢森堡展馆门前……邮票上闻名已久的事物，接二连三地降临世博园区，从而，集邮者更深切地领会到各国所传输的友谊信息。这些信息包括汉字，印在了好几个国家的邮票和小型张上。

我这个退休老记者，围绕"世博"，先后写了 7 篇"报道"：

4 月 28 日《世博会的启迪》；

5 月 16 日《世博玩邮》；

6 月 17 日《大展览启发小展览》；

7 月 19 日《收藏世博》；

8 月 16 日《世博外邮览胜》；

9 月 1 日《2010 年秋所思所想》；

11 月 10 日《世博回味》。

写到第 6 篇时，我参观世博已 11 次。赶在 10 月底闭幕前，我又去了 1 次。曾记得盛夏最热时，世博园区飘洒着降温的水雾，人们排起了长龙。巴塞罗那展馆赠送给观众每人 1 柄绿色的伞。伞上印有中文标语："加泰罗尼亚——巴塞罗那的家乡。"至今,每当我使用这柄绿色的伞,就会想到世博期间7千万中国观众兴奋的情绪,我就是他们当中的普通一员!2010年是东方巨龙崛起的重要一年,世博会充分展示了中国人民改革开放的自信。为了替《上海集邮》杂志撰写《世博外邮览胜》,我几度冒着高温,去云州邮市补购邮品。家里人半开玩笑地说:退休10多年的人还这样积极,谁来表扬你呀?我反驳道:自己喜欢嘛!

　　世博会充满了"邮"味,一言难尽。还记得5万枚邮票组成的列支敦士登风景画吗?列支敦士登"邮票日"那一天,唐无忌与该国首相相继在仪式上讲话。仪式结束后,主办方还邀请我们吃了美味的奥地利羊排(图22.1,作者2018年访问了列支敦士登,在首都瓦杜兹街上,购得1944年列支敦士登风景邮票实寄首日封,该封贴全套14枚邮票中的6枚,有挂号条与快信条,封背盖苏黎世到达戳。图22.2,列支敦士登2019猪年邮票小型张。图22.3,列支敦士登2019猪年极限明信片)。

图22.1　列支敦士登风景邮票实寄首日封

图 22.2　猪年小型张

图 22.3　猪年极限明信片

还记得立陶宛馆内的红色邮筒吗？我和妻子写好明信片投入，这张贴有立陶宛邮票的明信片，辗转万里，又从立陶宛寄回到上海我家。还记得奥地利小型张上美丽的茜茜公主吗？小型张上的汉字"人"，与奥地利（Austria）的字首"A"，重叠在一起，印证着中国人与奥地利之间的友好关系。我和妻子曾几度旅行维也纳，寻觅茜茜公主的足迹，常常联想到这枚小型张。还记得芬兰邮票上玉壶形的展馆吗？展馆的设计灵感，出自唐代王昌龄的诗句"一片冰心在玉壶"。小型张以中、外文印着"灵感分享"，意思是将展馆的设计理念，通过邮票，让大家一起来感受。我觉得，"灵感分享"——不也正是邮票欣赏的真谛吗？好邮票富有知识含量，设计独特，印刷精美，夺人眼目，它拨动收藏者的感应神经，这正是一种"灵感分享"的过程。

2010 年我在世博园区总计奔波了 100 多个小时，似乎有"胜读十年书"的感觉。世博会具有强大的推动力，把老朽推上了新的集邮起跑线。

在杭州，"龙袍加身"

2010 年 12 月，全国邮展在浙江杭州市举行，中华全国集邮联合会同时召开理事会议。开幕前一天，我住进了中国围棋协会在杭州的天元宾馆。

宾馆就在钱塘江畔，风景如画。从防波堤上的标语看来，这一带还是观潮的好去处。只是季节不当，水面平静如镜。我得闲便在江边散步，有一天见到胖胖的王宏伟走过，互相高声问候。这些年，王记者年年有新著，走长城、闯南极，集邮、旅游、宣传集邮，春风得意马蹄疾，我衷心祝贺他的成就。

邮展和会议，都很平淡，几乎没有留下多少印象。有趣的是，告别宴会上抽奖，二三百名来宾里，有10人中奖，其中竟有林霏开。热情的东道主提供了当地名品——桑蚕丝中式棉袄。棉袄为暗红色，绢面有龙的图案。得奖者穿上以后，一个个要像模特儿上台走猫步。我是其中唯一的白发老头，"龙袍加身"，扭扭捏捏，笑得合不拢嘴。下台以后，红着脸走近主桌，与全国集邮联的领导们一一握手。

我不会做真龙天子的梦，高兴的缘由是我妻子正属龙，中此大奖，足以向她吹牛。这件中式棉袄，确为国粹，穿起来比任何衣服都舒服。连续4冬，我在居家暖气屋里，都是穿它。

在无锡，当选"会士"

2011年11月11日（连续6个1，不知什么意思，是"要，要，要，要，要，要"吗?)第27届亚洲国际集邮展览在江苏无锡市开幕，同日召开了全国集邮联六届五次理事会议，会上公布了集邮联第3批会士37人名单，其中有我。

说实在的，集邮会士制度从诞生日起，我就不太重视。我觉得，许多国家设立科学院，人们普遍敬仰做出重大贡献的"院士"。而业余娱乐的集邮协会，也来郑重其事地选聘"会士"，多少有点开玩笑，不能太当真。没想到，一批、二批、三批，全国集邮联都坚持办下来了；林衡夫、马麟等老会士，在餐厅里遇见，都热情祝贺我，我感到很不好意思。

各地上报"会士"候选人，是有名额配给的。上海的会员数多，会士相对多一些，但也不可能太多。如果按照"邮龄"，我也许早就应当"入列"了。如果衡量参展获奖的成果，则我不够资格。林霏开当然也有自己的成绩单，但究竟哪几项被投票者看中，不得而知。我从来没有托过人、求过情（更别说送礼），哪怕是打电话问一句有关评选会士的事，也都从来没有过。"会士"的头衔是天上掉下来的。

既当了"会士"，我想，第一件事，是要继续集邮。我总记得新闻界一位前辈的说法：记者记者，一辈子要"记"，什么时候，"老记者"不再"记"了，那就只落得一个"老者"了。我套用这种说法：集邮者集邮者，一辈子要"集邮"，什么时候，"老集邮者"不再"集邮"了，那他也只落得一个"老者"了。

衰衰老者，踽踽独行，语言无味，面目可憎——岂不悲乎？

与其说"会士"头罩光环，不如说"会士"头戴荆冠。会士应当风云贯耳，常怀好奇，只能加鞭，不可懈怠。近几年来，我每月1篇《集邮报·小馄饨》杂文，每期《上海集邮》《虹口集邮》各1篇专栏文章，几乎从不脱期，就是想略尽"老集邮者"绵薄之力。

就在无锡，我开始补充自己缺门的小型张"筋票"。20世纪二三十年代的欧美小型张、小版张，动辄上千美元，我过去是买不起的。现在，退休了，养老金略有富余，决心开始"补仓"。

古稀老人的"购邮热"，自无锡开始，一发而不可收。

金德助我网上购邮

2012年全国集邮联成立30周年，表彰了1027名集邮先进个人，敝人有幸忝列。我不是第一次被评为全国集邮先进个人。扪心自问，我除了写写小品文、敲敲边鼓之外，并无多大贡献。只是细水长流，几乎没有一天不想集邮的事，文章赢得了一批"真爱邮者"的共鸣。

如今是网络时代，老朽亦紧紧跟上。近两年半来，我几乎每天花2个多小时浏览ebay网。方法是徐金德教我的。我的英文不行，也没有双币信用卡，所有的拍卖邮购，都由金德代理。而他是百分之百的义务劳动，不接受任何报酬。有时我急于拍进某一邮品，竟在夜间用电话把他从床上拖起，忘记了他是生过大病提前退休的人，真是歉疚万分！除他之外，戴定国、黄山等美国邮友也竭力帮我收集票品。有一次黄山回国，把我托购的外国目录送来我家，我一看那包裹是如此沉重，真是太不好意思了。

ebay网真不错。安坐家中，清茶一杯，可以浏览五大洲的卖品。这比静工外票市场扩大1万倍不止，而且日夜营业，没有时间限制。ebay较多中档邮品，适合于我这样的"中档"消费者。

我首先定下了一条界线：原则上只买进1945年以前的东西。为什么只买老东西呢？一是年老了，审美观改变了，不免怀旧、恋旧。二是现时的新邮，商业味太重，除非要稿配图需要，我尽量回避。

第一步是补购我缺门的若干国家首枚小型张和昂贵的早期张。这些邮品常常要靠大公司的网上拍卖，也都是金德帮我全程操办的。举例来说，奥地利1933年的首枚小型张《WIPI 邮展》（图案为邮车），我向往已久。这枚小型张浅蓝的纸张隐含纹丝，设计格调高雅。又如列支敦士登的首枚小型张，是配合1934年的农展会而发行的，在我国邮市上几乎没有出现过。还有捷克斯洛伐克1934年的《国歌》小版张，发行量1200张（1Kcs.）和3000张（2Kcs.）。上述这些好东西，金德都不辞辛劳替我从网络拍卖中"擒获"。

与此同时，我积极开展对于"世界首枚小型张"的专题研究。谁是小型张的首创国呢？是1923年的卢森堡吗？为此我陆续购进1923年卢森堡纪念伊丽莎白公主诞辰的小型张达9张，陆续由戴定国从美国、奥地利，徐金德从德国、比利时、澳大利亚，帮我买进。新旧都有，分两种型号，带各种证书。

英国人詹姆斯·麦凯《吉尼斯集邮世界之最》一书，把1894年埃塞俄比亚的普票4方连小版，以及阿富汗的小版包裹邮票、印度的早期土邦小版邮票，称为"小型张的前身"。所有这些"前身"，我都通过网络买到了。从而，基本掌握了有关世界小型张起源的第一手资料。

研究过程中，我意外地破解了一桩公案。那是《中国集邮史》的错误——说卢森堡在二战胜利时曾发行罗斯福总统与夏绿蒂女大公并立像的"小型张"。我怎么从未见到过这种东西呢？天天"网游"终获结果：发现了1种贴票纪念卡，图案正如该书的描述。原来，撰文者把纪念卡误当作小型张了。我赶紧将纪念卡买来，供《上海集邮》彩图刊登，以匡正史实。

从小型张扩展到小版张的研究，我发现小版张的鼻祖也是卢森堡。这里所说的小版，不光是形式上的若干枚邮票组成一小版（中国清代邮票最初也都是小版印刷），而是指小版有脱离大版的独特纪念意义。1891年卢森堡为了纪念阿道夫大公登基，在普票的邮局全张之外，特印2种面值邮票的25枚小版，这就是世界小版张的首创！为了寻找这一对小版张，费了很久的功夫。最终，金德帮我从网上拍到了。我还发现ebay网冒出这种小版张的公事票（其中的1版，文字加盖移位),激动地连夜把金德从床上拖起来,就是为了抢购这一对小版张。

很多年前,我在《上海集邮》杂志上看到过卢森堡女大公 5 连票的小版张,味道是那样的古朴完美,我怎么没有呢?突破 4 方连的常规,5 横连特具音乐性,这种设计出现在 1921 年的卢森堡,太令人钦羡了。于是,网上一旦有卖这种小版张,我就投标,前后竟购进 9 张。话说回来,我相信这样的古典邮品,是能够保值的。

小型张、小版张……还有小本票呢!它的老祖宗也是卢森堡。1895 年卢森堡发行了世界上最早的小本票:灰绿色的封面,半透明纸的扉页,有 4 页阿道夫大公侧面头像的 5c 邮票,共 24 枚。这种小本票很少现身拍卖会,价格很贵,终于,有一场网络拍卖我中标了(图 22.5)。由此,我打下了"三小"(小型张、小版张、小本票)的收藏基础。

图 22.5　世界最早的小本票(封面和内页)

事情还没有完。有了世界第一本小本票,我总不能让 1895 年的阿道夫大公,孤零零地独居邮册吧?我要替他找一些地位相当的邻居。于是,我买进了 1898 年美国的第 1 种小本票,1900 年加拿大的第 1 种小本票,1900 年法国的第 1 种小本票,1904 年英国的第 1 种小本票……中外各国的早期小本票,陆续光临寒舍。对于 1935 年丹麦的安徒生小本票,我买下国外某集邮者参展的贴页,又买了整本原件,连续几星期陶醉于大鼻子作家的童话世界中。

步步为营，广泛搜罗

第二步，对手绘封片产生了兴趣。起先是在 ebay 网上看到一批英国红便士邮票手绘封，绘画的笔触准确老到，又幽默风趣。早年的手绘封片不是商品，往往独一无二，留存至今，价格不菲。我向来看轻"你有我有他也有"的大批量产品，而珍视创意新颖的手工作品。接触每一枚红便士手绘封，我仿佛抚摸到 100 多年前创作者跳动的脉搏。买进了 10 余件，后来发现，喜欢这类老古董的人还真不少，价格水涨船高，我只好"浅尝辄止"，不敢深陷其中。

较有意义的一次发现，是一位美国邮商，出售 150 多件"奥匈帝国艺术家"的手绘明信片。那真是有血有肉的好货色。这位艺术家名叫席姆·马托斯，大约是匈牙利人，他用手绘漫画揭露第一次大战时期官吏的昏庸、警察的残暴、教廷的虚伪、民间的疾苦。构思非常巧妙，难得的是画家深谙集邮，所有的明信片都是分别从世界各国、贴当地邮票实寄回来给他本人的。历史 + 艺术 + 集邮技巧 = 珍贵的收藏价值。可惜，价格较高，每片标价在 100 美元以上，我只能选购了十余件，而对未购的明信片留下了图像资料（图 22.4）。

超过 1945 年的界线，有些美丽而独特的手绘封，我也少量买进。最有劲的是，有天发现某一枚封，竟含着一张薄薄的信纸，纸上以极其纤细的笔迹，叙述着对老妻的怀念——妻子是去远方探望小孙女的（"可爱的小天使"）。手绘封充满诗情画意，信件显示了一个美国家庭的温馨关系。

第三步，我对"连票"着了迷。琢磨大量的小版张、小本票，我渐渐发现，它们都是若干方连的邮票，印成了一小版，或者装订成小本本。"连"是它们的本质特征。联想到珍邮之"连"，如红印花加盖小一元 4 方连，解放区票"稿"字 4 方连，蓝军邮 4 方连等，魅力不都在一个"连"字吗？是何时、何人发明了 4 方连的收藏方法呢？（国际上有 4 方连收藏协会，美国生产 4 方连的年册，拥有大量的订购顾客。）我公开征求这个问题的答案，始终得不到回音。我从网上搜罗了许多 4 方连、6 方连的古典外票，由于面值低，花费不大。单枚的普票虽然精雕细刻，限于面积太小，欣赏效果不好，一旦构成方连，叠加的美就凸现出来了。您甚至会觉得那些工整的邮票齿孔，都显得十分漂亮。

 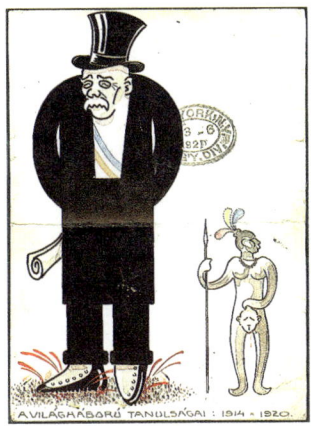 
 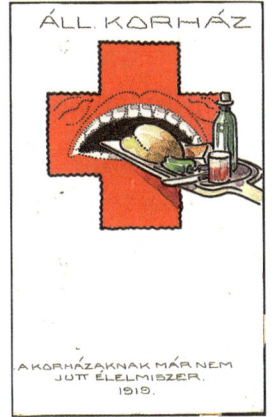

图 22.4 马托斯手绘漫画实寄明信片

当然，除了各国低面值方连票，我也购进了一些黑便士、蓝便士、红便士的连票，以及它们的实寄封。这些东西可不便宜了。

我写了《"连"之魅》一文。我觉得，很可能是方连票的美观，形成视觉的冲击力，某一天有人终于想到，利用这种结构方式，特印与发行小版、小本。至于哪个国家的邮政档案能说明这一过程，目前我们尚不得而知。

第四步，我不是老在"寻根"吗（追溯"三小"的起源）？这时又爱上了马尔雷迪封了。1840年英国的马尔雷迪封与邮简（1便士黑色，2便士蓝色），与罗兰·希尔设计的黑便士邮票，应当都属英国便士邮政的开山鼻祖。《中国集邮大辞典》说，马尔雷迪封诞生后不受欢迎，不久就停用了。我对此有所怀疑。如果"不受欢迎"，为什么会产生那么多的仿制信封呢？威廉·马尔雷迪的漫画风格，影响十分广泛，千奇百怪的仿制信封，可以构成一部漫画专集。在欧美国家，这方面的收藏者大有人在。我从购进的漫画封上，看到了拖长辫子的清代人，才懂得这些邮政文物，旁证了鸦片战争时期的世界史。

第五步，我开始追寻早期的实寄封。1840年黑便士诞生以前的实寄封，邮坛称之为"史前封"，我收集了一些。早期封用鹅毛笔书写，粗粗细细而有弹性的笔迹，如轻舞飞扬，封口还有各种颜色的火漆印，凸显了家族纹章。史前封大多不似今天的信封，而只是一两张厚纸的折叠。邮戳证明了当年的寄递过程（由此我深深领会了邮戳的重要）。由"厚纸的折叠"，我想到马尔雷迪X形的信封，是不是一项新发明呢？我已收藏的实寄封证明，黑便士邮票诞生以后好几个月，还有"史前封"在照样邮递；而相当多的黑便士邮票最初是贴在"折叠的厚纸"上，还不懂得运用X形的信封。

早期的有图信封非常有趣，信封图案反映了100多年前的政治、经济、社会状况。我研究FIP专题邮展评审规则的实施细则，注意到专家们一度比较排斥有图信封。但是，美国收集林肯专题的人，离不开内战时期的有图实寄封。英国19世纪的有图信封，更是缤纷多姿，精彩异常。古典的实寄封，不存在过度商业化以及贴票"超资"的问题。我想，专家们所讨厌的，主要是泛滥成灾的当代有图商品封。

第六步，由马尔雷迪的漫画开端，我转向漫画明信片，开始了"疯狂的搜集"。

《笨拙》周刊漫画明信片、勃鲁盖尔、荷加斯、戈雅、杜米埃……政治家漫画像、战争漫画、社会生活幽默画……数百枚明信片（大量的实寄片），将一部世界漫画史摆到了眼前。

第七步，2014年是第一次世界大战爆发100周年，2015年是第二次世界大战结束70周年。作为人类遭遇空前浩劫的集体记忆，既有大量史书和文学作品，又有无数战地通信可作佐证。好几个月里，我阅读着两次世界大战的战史、秘史、回忆录、战地书信集，以及雷马克的小说《西线无战事》等，进而又上溯美国内战和俄日战争的历史。围绕相关主题，大量的实寄封片通过网购来到我的书桌上。惊心动魄的战斗场面，惨痛伤感的家庭命运，使这段时间我的"集邮心理"难以平静。实寄封片让我明白了许多道理，譬如，1923年贴满极高值邮票的柏林实寄封，让我看到了德国经济崩溃，希特勒上台的原因；各国贴有军事检查封条的实寄封，让我看到遍布几大洲的战争恐怖；"二战"结束时，有的实寄封上，用十几枚邮票组成V字，显示了获得解放的欢欣雀跃的心情。薄薄的旧信封，每一件都带着沉甸甸的历史重量。这是宝贵的文物呀，应当一代代传下去，保持其普世教育的价值。

第八步，正当日本军国主义阴魂不散、甚嚣尘上之际，我收集了"二战"前后美国的海军军邮封和漫画封。它们记录了1937年日军炸沉美国《班乃号》兵舰的史实，记录了珍珠港事件以及美国当年最响亮的抗日爱国口号，记录了美军艰苦卓绝的跨岛作战直至轰炸东京，刻画了人类公敌希特勒和东条英机的丑态，再现了密苏里号军舰上日本无条件投降的一幕……我把这一系列的实寄封，在《上海集邮》《上海滩》杂志上刊登出来，宣传以史为鉴，"忘记就意味着背叛"的道理。

第九步，作为余兴，我收集了各国的"邮资包封纸"。这些老古董，价格便宜而富于地域特色。我是一名老报人，对于100多年前报纸邮递的史迹，有一种特殊的兴趣。

另外，我常在ebay上输入"Shanghai"（上海）一词，我是上海人，自然关注各国有关上海的老邮品。美国、德国、澳大利亚、日本、韩国等地的卖家，纷纷提供货品。当《豫园》邮票发行时，我在上海豫园主持了一次研讨会，在会上也介绍了自己收藏老明信片的点滴体会。

凡有清代、民国的邮票剪贴明信片在网上出现,只要价格不太离谱,我就"吃进"。这一爱好,起源于我岳母在世时,曾经从北京东安市场购买了一幅邮票剪贴的仕女图,送给女儿,这成了我们的"传家宝"。邮票剪贴并非我国才有,我收集到一批外国邮票剪贴的明信片,其手法似乎没有中国作品高明。

一步、二步、三步……走了九步路,您发觉吧?远不是根据FIP"规则"行事,与参加邮展"沾金夺银"的目标毫不搭界。说它是外行的蹒跚吗?也未必。说它是"中档集邮"图开心,或许差不多。我是在大千世界里寻知识,手握文物价值的杆秤,心有痴迷,力求节约。

我集邮,我快活;我快活,我集邮。

这是集邮的奥秘,我告诉您了!

网购的弱点

网络交易有没有陷阱呢?回答是肯定的。给我印象最差的是一个希腊邮商,他卖给我的1/4全张首届奥运会希腊纪念邮票,5×5共25枚,四周白边纸相围,本来应该是古味浓郁的"准小版张"。没料到,左下角竟然缺1枚,像个缺齿老太婆。可恶的是,希腊邮商将1个带边的单枚邮票置于那缺口上。由于颜色相同,又有护邮袋复压,开始我并未发现。等到看出破绽,已过了退货的时限了。我以不菲的价格买了这样一版残票,永远不可能转手了。这样的"邮票欣赏",将永远伴随对个别希腊人的恶劣印象。

ebay上绝大多数的卖家都很诚信,品相有问题,总提前注明。有的甚至强调他家不吸烟,所以邮品绝无烟味。有的早期实寄封,只有封面,没有封底,就标明Front,只要自己看清楚了,就不会花冤枉钱。

中国人网购吃亏的一大原因,是我们自己造成的。那就是我国的邮件丢失现象,相当严重。因此造成许多纠纷,以致网上常常出现卖品"不寄中国"的申明。我的大部分网购都负担挂号邮资,几年来为此付出的代价,十分高昂。写到这里,我不禁怀念敬爱的周总理。在他治下,邮递真正做到了安全、迅速,平信是很少丢失的。如今每况愈下,空喊什么"集邮强国",人家都不相信你、"不寄中国"了,何"强"可言?

外国文献与"准文献"

外文没有学好，如今为时晚矣！中学曾学俄语，后来大多"还给了老师"。大学学英语，并未过关；选修世界语，仅懂皮毛。工作后想参加"出国英语培训班"，有的领导泼冷水："还是'自学成才'吧？"我坚持寒冬腊月骑着自行车上夜校。正因为有这股劲，1984年得到了出访德国的机会。当时出国者凤毛麟角，哪有如今电视台记者满世界飞的自由。其实我的英语还是一知半解，翻字典看书都很吃力。作为外国邮票的收藏者，我是不合格的，面对邮品，经常感到莫名的困惑。

"困惑"例如，精彩的19世纪实寄封到我手中，查地名就很费工夫，有时得到珍贵的信函，不知其所云。俄日战争期间的日本军邮明信片，我买了不少，请教资深的日文翻译，翻译又去问他的日本老师，都说"古文甚难辨认"。每译一片都颇费周折，使我不好意思再麻烦人家。

在外文阅读有困难的情况下，我还是收集了一些外国集邮文献。譬如英国出版的古典有图信封目录，连续3册。看了后我明白，有图信封的爱好者不少，古物有它存在的价值。我还购买了新西兰健康附捐邮票的彩色图录，好像是集邮家自己印刷的，装帧如活页相册。由于新西兰健康附捐邮票是几十年来最持久而成功的系列专题，而我不可能分出精力去收集它，买此图录，补充了完整的专题知识。西班牙内战时期杂乱而稀罕的小型张，为斯科特邮票目录所不载，网上有售专门著作，乃西班牙集邮家呕心沥血的研究成果，我买了第一卷。

最近的例子，是邮购了美国芝加哥集邮俱乐部出版的《19世纪英国有图信封》一书。

对于文献集邮，多年来我不断呼吁：请注意"准文献"！所谓"准文献"，我指的是各界名人有关集邮或收藏的论述。那些三言两语的题词，固然也属于文献，但意义不大。我推荐过奥地利作家茨威格和捷克作家赛弗尔特的作品。茨威格主要收集名人手稿，如莫扎特、贝多芬等的曲谱原件。他对收藏的痴迷程度，他在拍卖场上的抢购热情，他的收藏宗旨（窥视创作者在改稿过程中的心灵轨迹），都与集邮的过程相似，对集邮者有很大的启发。赛弗尔特则更直接地高呼："集邮万岁！"他以优美的散文描摹了20世纪的布拉格邮展以及集邮文化在欧洲的普及。最近，我还推荐了德国作家本杰明·瓦尔特1928年写的《单行道》。在这本书里，本杰明第一次提出了"邮票是国家的名片"的论断（远早于季米特洛夫的说法）。跟茨威格的回忆录、赛弗尔特的散文集一样，《单行道》并非集邮专著，仅有一部分章节涉及集邮，所以我说它们是集邮的"准文献"。

各界知名人士各有专长，具有广泛的社会影响。他们论述集邮，往往角度新鲜，具有"跨界"的深刻性。文献集邮可以采取"集纳"的方式，荟萃天下精华。出版社可以编辑文摘式的"集邮准文献"。集邮报刊轻车熟路，如果摘登一些"非集邮家论集邮"，那能为集邮爱好者提供多么丰富的营养啊。

我的收藏理念

2013年我在《新民晚报》上发表了两篇社会影响较大的文章：《抢购"蛇年"邮票奥秘何在》《集邮界沉积十多年的一个问题》。说实在的，我很关心中国集邮事业的前途，几十年来不断宣扬集邮文化，从不隐瞒自己的观点。集邮事业应以广大集邮者的利益为重，坚持为人民服务的宗旨，而不是为小集团与少数人的私利服务，这是我一贯的主张。

2014年上海集邮节期间，上海电视台《上海故事》栏目，制作了上、下集的专题片《集邮那些事》。市邮协希望我接受采访。电视台事先提出十来个问题，我一看，中心是回顾上海集邮市场的潮起潮落。我给市邮协秘书处打了电话，我说，我的收藏以外国邮票为主，与邮市的涨跌关系不大，恐怕谈不出很多呢。即使如此，我也做了认真的准备。我翻箱倒柜，找出中学年代的一本笔记（手抄了《新申报》连载的邵洵美《中国邮票讲话》）。还找出1本旧邮册，是我从四川路桥堍的邮摊上买来的。说起1950年代上海四川路的邮摊，很有意思，那里有一幢结构奇特的3层大楼（后来加为4层），沿街为商店，通向2层民居的水泥楼梯，是向大街敞开的，共有6个门洞，每个门洞里，向上有20个台阶。当年的小邮商，每人占1个门洞，墙外挂了邮票镜框，台阶上放两三个小板凳，买邮票的人就坐在小板凳上翻本子。唐无忌的集邮回忆录说，最诚信的宁波小邮商叫"阿发"，无忌每次去，小板凳上一坐就是一小时。王观泉教授也钟情此处，他退休后回上海，特地跑到四川路门洞边摄影留念，他送给我一张神态轩昂的照片，背后亲笔题写:"少小离家老大回,乡音未改鬓毛衰。"观泉曾撰文提到阿发、老山东等邮商,他说:"老山东是逃亡地主,后来被抓去劳改。放出来后遇到我,还说政府的政策好,让他的儿子卖报维持生活。"

我找到的旧邮册,封里以稚拙的钢笔字写着:"购自四川路桥堍小山东邮摊,定价人民币壹万元整。"(旧币一万元,相当于新币一元。)连我这个中学生也称他为"小山东",可见此邮商并不太老,观泉记忆有误。我在北四川路底的复兴中学就读6年,经常住在三姐家,每周末,回城南老家,徒步翻过四川路桥,必在桥的两端逗留一番:北端是进邮政大楼,流连于集邮柜台前,南端则是到小山东等人的邮摊上,"一坐就是一小时"。唐无忌、王观泉以及我等的集邮,就是这样"入门"的呀。

有趣的是,上海市集邮协会一度从天潼路迁至四川中路,恰恰就在上述楼房的斜对面。现在的集邮工作者未必知道那一段往事。电视台记者听了我的介绍,特地要我回到那幢楼前,现身说法,拍了很长的镜头。我希望这一"旧址",能载入上海的集邮史册。

我在山西《集邮报》长期撰写《小馄饨》专栏,我写过一篇短文:《历史感和独特性》,阐述了我的收藏理念。现在,我就引用这篇短文,作为《古稀集邮记》的结尾吧:

> 上海集邮节期间,电视台记者来访,问我:近年来收集些什么?
>
> 我告诉他们一个收藏理念:历史感与独特性。
>
> 邮品的好处——它是历史的佐证,具有文物价值。而收藏的诀窍,在于寻找它的独特性。
>
> 一封一片都折射出人的命运。
>
> 30年前,我单位里一位同事,辞职去了英国,一边打工,一边念书。房东老太很喜欢她,在她回国前,从箱底翻出一个旧信封送给她。原来,那是已故的老先生,1943年在华时被日军关押于山东潍县集中营,从那里寄出来的家信。
>
> 同事把这珍贵的文物赠给了我。我在邮书里写到过它,引得山东集邮

家陆游专程上门来看一看这个旧信封。

　　去年,我又从国外网站拍进一个旧信封,即是1943年美国加利福尼亚州的阿尔伯特太太,通过国际红十字会寄给被日军战俘营关押的丈夫的信。这个贴了检查封条、盖了日文检查戳的信封,历经东京、爪哇,辗转一年多来到台湾。查阅资料得知,日军在台湾曾设立十几个战俘营,美、英、加、澳等国的战俘,在那里受尽虐待,死亡率是纳粹德国战俘营的十倍,而阿尔伯特先生的命运,我们不得而知。

　　太平洋战争期间的美国漫画实寄封,陆陆续续进入了我的邮册。这些实寄封上最醒目的标语是:"牢记珍珠港!"

　　我中学年代记忆殊深的建筑,是学校对面,一幢硕大无比、阴沉神秘的水泥大楼,它是侵华日军的海军陆战队司令部旧址。最近,我从日本购进一枚老明信片,在这座碉堡式大楼的顶上飘扬着太阳旗。这种老明信片犹如警钟长鸣,让我们时刻警惕妄图复活的日本军国主义。

　　我还请美国邮友代购一枚1929年的手绘封,那是一封情书,稚拙的笔触,描绘了期待相会的路线。"独一无二"——这就是非商品生产的手绘封,每一枚背后,都有一则故事,给我们留下有趣的想象空间。

　　退休前就有朋友劝我:别再买进东西了。退休至今那么多年,选购邮品的痴情,却丝毫没有消退。我享受的是集邮的过程。发现与保存若干文物,不让独特的历史流逝,这也是我的愿望吧。

在本书结束的时候,我要重复一下前面说过的话:旅游或"旅邮",就是如此——只有开始,永无终止。

　　求知路上,风光无限,怀着孩童般的好奇心,让我们继续往前走吧!